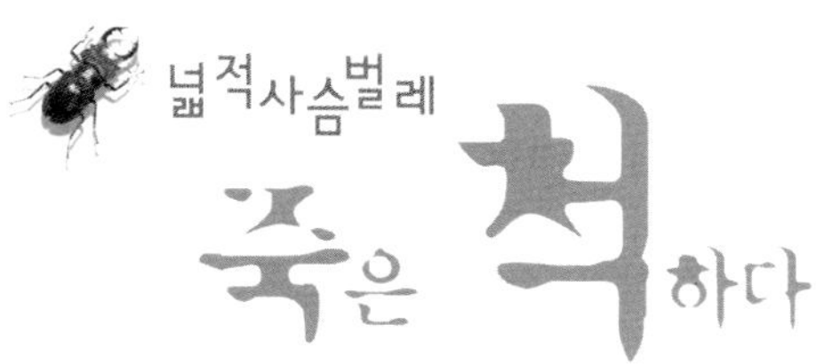

넓적사슴벌레

죽은 척하다

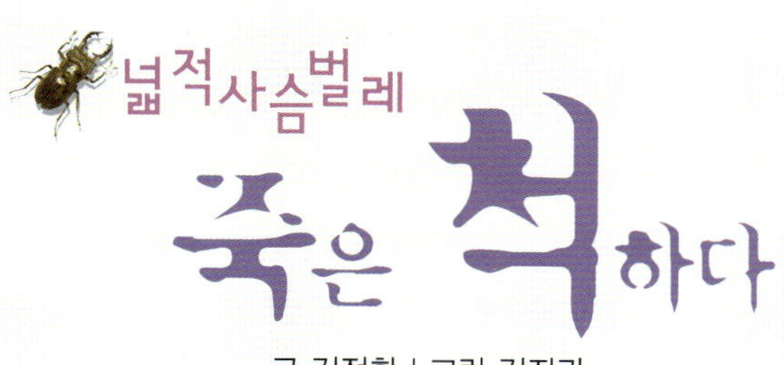

넓적사슴벌레

죽은 척하다

글 김정환 | 그림 김진관

해돋누리

넓적사슴벌레, 죽은 척하다

2002년 6월 5일 초판 1쇄 펴냄

지은이 · 김정환, 김진관
펴낸이 · 임정량
펴낸곳 · 해들누리

편집인 · 강근원
편집장 · 박시화
디자인 · 황정임, 김민호
마케팅 · 김현, 윤세웅

등록일 · 1999년 4월 28일 (제22-960호)
주 소 · 서울시 마포구 동교동 169-17
전 화 · 02)322-1490
팩 스 · 02)322-1492
www.sunnybook.com

값 13,000원

파본은 서점에서 바꾸어 드립니다.

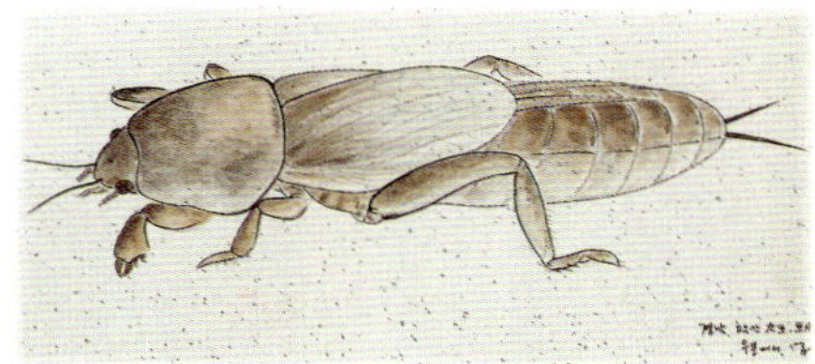

곤충을 항상 존재자로 다루어야 한다는 것이 나의 생각이다. 하지만 곤충을 이야기할 때마다 어떻게 표현해야 할지 고민스럽다. 나는 언제나 사유한다. 어떻게 내가 사랑하는 곤충들의 삶을 알려야 할까 하는 것이다.

. 나는 곤충의 의미를 의인화하였다. 그리고 개별적인 독창성을 지닌 곤충들의 충돌과 융합을 이야기하고 싶었다. 이는 자연 속에서 무명으로 살아가는 미미한 생물의 세계이지만 그 역시 인간의 삶과 다를 바 없는 생명의 한 단편으로서 작은 것으로부터 생명의 존재의 본질을 성찰하려는 의도였다.

곤충에 대한 나의 관심과 사랑은 본능적인 것이다. 그래서 곤충마다 일정한 가치를 상정하고 이를 통하여 곤충의 본질에 접근하는 방식을 취하고자 했다.

나는 행운아이다. 곤충을 실존적 대상으로 보고 생태계와 생명의 질서를 그리고 있는 김진관 교수를 만났다. 그는 자연 현장을 직접 관찰하고 터득한 이미지를 소재로 극사실주의적인 전통적인 채색화로 그리고 있었다. 섬세하면서도 담백한 채색화의 세계 속에서 곤충을 찬찬히 관찰하면서 더불어 삶의 이치와 존재의 의미를 사유하려는 자세가 배어 있었다. 내가 그를 관심 깊게 본 이유는 바로 그런 그의 사상이었다.

　서로 다른 분야에서 필연적으로 만나, 곤충을 사랑하게 된 우리는 상호교
감과 이해를 바탕으로 작업을 진행하였다. 우리가 하는 일은 의미 있는 새로
운 시작이 될 수 있을 뿐 아니라 진정한 의미에서 곤충을 사랑하는 것이라 생
각했다. 우리는 생명의 가치와 현존하는 존재의 미를 함께 아우르고 싶었다.
　이 책의 글과 그림에서 그런 은근한 은유를 느껴보길 기대한다.

김정환 (고려곤충연구소 소장)

　전통적으로 동양 회화에서는 훌륭한 초충도草蟲圖가 이어져 왔다. 나는 현실에서 파생되고 현존되어가는 현대 초충도를 표현하고 싶었다.

　자연의 섭리를 이해하며 생태학습장을 따라 다닌 지도 여러 해 지났다. 아주 작은 잡초에 매료되기도 하고 벌레들이 서로의 먹이사슬이 되는 긴장된 모습들도 보았지만 대자연이 주는 교훈을 파악하기란 그리 쉽지 않은 듯하다.

　현시대의 문제의식을 생각하며 작은 풀벌레 혹은 우주와 자연의 근본을 은유적 · 서정적으로 표현하려 했다.

　나는 채색의 기법에 동양 회화의 수묵 기법을 운용하고자 했다. 채색의 평면화된 방법에서 붓의 터치와 색채를 깊이 있는 반복으로 여백의 미를 확대하려 했다.

　이 책에는 작은 드로잉으로부터 큰 작품들을 모아 보았지만 부족할 뿐이다.

　앞으로 자연과 더불어 존재하는 의미와 깊은 정신으로 현실의 표정을 소박한 자세로 탐구하려 한다.

김진관 (성신여자대학교 미술대학 동양화과 부교수)

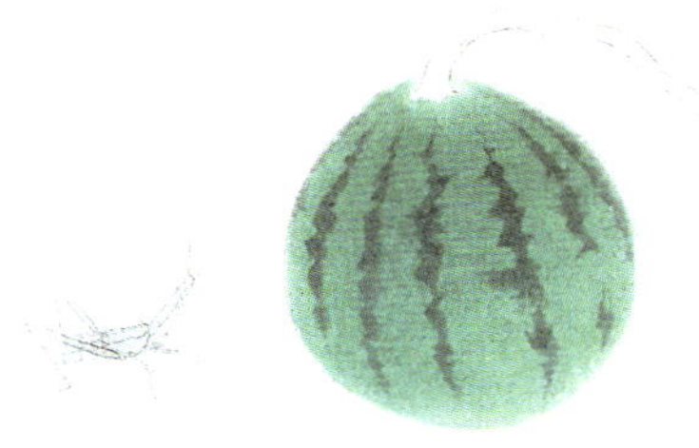

차 례

나의 나비 공주

「우리 땅」 130×130cm 한지에 채색 2002

나의 나비 공주

「꿈」 30x31cm 한지에 채색 2002

　내가 어릴 적, 우리 집 마당에는 나무와 꽃이 많았다. 식구들 가운데 나는 꽃밭에 물을 주는 당번이었다. 나는 그 일을 아주 좋아했다. 꽃밭은 내게 마법의 세계였다. 거기서는 하루하루 변하지 않는 게 없었다. 시나브로 싹이 돋고, 잎이 나고, 봉오리가 맺히고, 꽃이 피고……. 꽃밭은 정령들의 놀이터였고, 놀라운 변화의 세계였다. 볼 때마다 새로웠고, 언제나 생명 현상의 비밀을 엿볼 수 있는 곳이었다.

　어느 날이었다. 꽃밭에 물을 주던 나는 문득 일손을 멈췄다. 전날까지만 해도 볼 수 없던 것이 눈에 들어온 까닭이었다. 그냥 지나치기 쉬울 만큼 작았으나 내 눈은 그것을 놓치지 않았다. 꽃잎에 붙어 있는 조그만 알. 언뜻 봤을 때는 물방울로 착각도 했지만, 나는 이내 그 깜찍해 보이는 것이 알임을 알아차렸다. 꽃잎에 낳아 놓은 진주처럼 영롱한 알. 나는 궁금했다. 도대체 무엇이 저 알을 낳은 것일까? 저 속에는 어떤 생명체가 들어 있을까?

　며칠 뒤, 나는 마당에서 우연히 나비가 나뭇잎에 알을 슬어 놓고 가는 것을 보게 됐다. 그날부터 나는 난생 처음으로 나비의 알을 관찰하기 시작했다. 나는 학교에 다녀오기만 하면 그, 알을 살펴봤다. 저 속에서 어떻게 생긴 나비가 나올까? 학교에 가서도 그 알을 생각하느라 멍한 얼굴로 앉아 있는 시간이 늘어났다. 그럴 때면 수업중에 선생님이 하시는 말씀도 귀에 잘 들어오지 않았다. 내가 못 보는 사이에 나비가 나와 멀리 날아가 버리면 어쩌지? 나는 그 알에서 어떤 나비가 나오는지 내 눈으로 꼭 보고 싶었다. 어쩌면 어른들은 알지도 모른다는 생각에 하루는 집에 돌아오자마자 알이 붙어 있는 잎사귀를 따서 어머니께 여쭤 봤다.

"엄마, 여기 잎에 붙어 있는 거 보이죠?"

"그게 뭔데?"

"자세히 봐요. 알이에요."

"아니, 그런 걸 왜 갖고 왔어?"

"여기서 뭐가 나올까요?"

어머니의 대답은 나를 실망시켰다.

"뭐가 나오긴, 징그러운 벌레나 나오겠지."

나는 어머니가 뭘 잘 모르신다고 생각했다.

"이건 나비가 낳은 알인데요."

"나비 알이고 뭐고 밖에 내다 버려, 얼른! 얜 별걸 다 집안에 들이고 그래."

"두고 봐요. 분명히 예쁜 나비가 알을 깨고 나올 테니까!"

나는 어머니께 항의했다. 내가 갖고 온 알은 속에 벌레가 살고 있는 알이 아니었다. 조그만 나비가 살고 있는 알이었다. 어른들은 어떻게 이 영롱한 알 속에 징그러운 벌레가 들어 있다고만 생각할까? 달걀에서 예쁜 병아리가 나오듯이, 이 알 속에선 예쁜 나비가 나올 거야. 어른

「제이줄나비」 한지에 드로잉 1999

들은 무슨 일이건 눈으로 확인하지 않고서는 좀처럼 믿으려 하지 않았
다. 나는 앞으로 그 알을 잘 보살피기로 마음먹었다. 그 조그만 알에서
예쁜 나비가 나오는 걸 어른들에게 보여 주고 싶었기 때문이다. 내가
상상한 나비는 이런 모양이었다.

「애호랑나비」 46×45cm
한지에 채색 2002

　몸집은 조그맣지만, 무지개 빛깔의 날개를 달고 있는 아주 예쁜 나
비. 나는 그 나비가 깨어나면 이름은 뭘로 붙일까 생각했다. 음……. 그
래, 나비 공주가 좋겠어. 그러자 어머니는 내가 생각하는 나비 공주 같
은 건 이 세상에 없으니까 공부나 하라고 말씀하셨다. 어른들은 정말
‘공부’ 라는 말의 뜻을 알기나 하는 걸까?
　그런데 며칠 뒤 일이 벌어졌다. 나는 실망했다. 그 알에서 나비가 나
오지 않고 어머니의 말씀대로 벌레가 나온 것이다. 보기에 따라서는 징
그럽다고 할 수도 있는 애벌레가……. 어른들은 정말 모르는 게 없다는
생각이 들었다. 그렇다고 해서 어머니가 시키는 대로 책상에 붙어 공부
만 해야 할진 잘 모르겠지만.

　알에서 벌레가 기어 나온 뒤에도 상상 속의 나비 공주는 내 마음에서
쉬 지워지지 않았다. 나는 알에서 나온 벌레를 보고 무서워하진 않았
다. 그 애벌레는 하도 작아서 누구를 해치거나 할 수 없을 것 같았다.
어머니는 징그럽다고 말씀하셨지만, 나는 잎에 붙어 꼬물거리는 그 벌
레가 한편으로 신기해 보였다. 어쩌면 나비 공주가 나를 놀려 주려고
일부러 벌레의 모습으로 알에서 나온 건 아닐까 하는 생각도 들었다.
혹시나 하는 생각에 나는 그 애벌레를 키워 보기로 했다. 그러려면 일
단 어머니의 눈을 피해야 했다. 어머니는 벌레를 싫어하셨다. 벌레 키
우는 데 정신 파는 걸 어머니가 좋아하실 리 없었다.

「꽃밭」 69×200cm 한지에 채색 2002

그런데 숨어서 무슨 일을 하는 것은 정말 어려웠다. 책상 서랍에 잎과 함께 숨겨 놓은 벌레를 볼 때마다 나는 가슴이 두근거렸다. 남의 눈을 피해 무슨 일을 하는 게 얼마나 어려운 것인지 나는 그때 알게 됐다. 벌레를 보고 있는데 누가 가까이 오면, 나는 소리나지 않게 얼른 서랍을 닫고 펼쳐 놓은 책에 눈길을 주는 척했다. 학교에 가서도 벌레가 잘 있을지 궁금했고, 집에 돌아오면 마루에서 발소리가 들리거나 인기척만 있어도 벌레를 숨겨 놓은 서랍에 신경이 쓰였다. 몰래 나쁜 짓을 하는 사람들도 죄를 지을 때는 나처럼 가슴이 두근거렸을 것이다.

벌레는 잎만 먹을 뿐 다른 일은 전혀 하지 않는 듯했다. 조그만 애벌
레, 나의 나비 공주는 서랍 속 벌레장에서 무럭무럭 자랐다.

어느 날 아침이었다. 버릇처럼 서랍을 연 나는 눈을 씀벅거렸다. 낯
선 애벌레가 들어 있으니 이상한 일이었다. 가만히 보니까 벌레가 새
옷을 입고 있어서 헷갈린 것이었다. 그래서 나는 한 가지 중요한 사실
을 알게 됐다. 영원히 변하지 않는 건 이 세상에 없다는 것.

애벌레는 깜찍스럽게도 줄무늬 옷으로 몸치장을 하고 있었다. 신기
한 일이었다. 나는 몰래 키우고 있는 처지라는 것도 깜빡 잊고 어머니

「흔적」 54x37cm 한지에 채색 2002

께 벌레장을 들고 갔다. 아마 줄무늬 옷으로 갈아입은 벌레의 변화에 마음이 들떠서 누구한테든 그걸 보여 주지 않고선 못 배겼으리라.

"이거 좀 볼래요. 어때요, 내 나비 공주 예쁘죠?"

"예쁘긴 뭐가 예뻐. 그래 봐야 벌레지."

어머니는 나의 나비 공주에게 일어난 변화를 눈으로 보고도 그것이 엄청난 일임을 인정하시지 않았다. 그러나 나는 그날 아침의 일을 통해 애벌레 속에 나비가 살고 있다는 것을 굳게 믿게 됐다. 나는 느낌으로 알 수 있었다. 어른들은 뭘 잘못 생각하고 있는 거야.

"아, 나의 나비 공주! 아직 너는 애벌레지만, 언젠가 틀림없이 아름다운 나비로 변할 거야."

그 무렵 나는 조금씩 커 가는 애벌레를 지켜보느라 다른 일에는 거의 관심이 없었다. 그런 내게 어머니는 시간을 헛되게 보낸다고 야단을 치셨다.

"벌레 빛깔 변하는 게 뭐 그리 대단한 일이라고 호들갑을 떨어. 내다 버리고 공부나 하라니까!"

아! 공부, 공부, 공부…….

사고가 났다. 학교에 다녀온 사이 서랍 속의 애벌레가 없어진 것이다. 내 가슴은 새총을 맞고 숨져 가는 참새 가슴처럼 벌름거렸다. 아무래도 어머니가 내다 버리신 듯했다. 내가 공부는 안 하고 벌레만 들여다본다며 싫어하셨으니까.

"엄마! 내 나비 공주 어디 갔어요?"

"나비 공주 같은 건 본 적도 없다."

몰래 버린 뒤 거짓말을 하는 게 뻔해 보이는데도 어머니는 가슴이 두근거리지도 않는 듯했다. 어른들이 거짓말을 밥먹듯 하는 건 가슴이 굳어 버렸다는 증거가 아닐까?

"벌레 말예요!"

"벌레? 벌레는 네 책상 서랍에 숨겨 두고 있잖니."

"없어졌으니까 그러죠!"

"그래? 그거 잘 됐다. 이제 공부 좀 해라."

이런 꼴을 당하자, 나는 어머니를 더 의심할 수밖에 없었다.

"공부할 테니까 내 나비 공주 돌려 줘요!"

"정말 모른다니까!"

"엄마가 숨겨 뒀잖아요. 혹시 벌써 내다 버렸어요?"

"얘가 왜 이래. 엄만 정말 모르는 일이라니까! 아마 그 나비 공주도 공부 못하는 네가 싫어 어디로 도망간 모양이다."

어머니의 말씀을 믿기는 어려웠지만 어쩔 수가 없었다.

나는 나비 공주가 사라지기 전에 어떤 상태였는지 돌이켜봤다. 그 즈음 나비 공주 애벌레가 좀 이상하긴 했다는 생각이 들었다. 예전과는 달리 벌레장을 빨빨거리고 돌아다니던 기억이 난 것이다. 며칠 전부터 애벌레는 잎도 먹지 않고 벌레장에서 빠져나가기 위해 발버둥을 치는 듯했다. 나는 어째서 나비 공주가 자꾸 벌레장에서 나오려고 하는 건지 알 수가 없었다. 한번은 나비 공주에게 물어 보기까지 했다.

"너 왜 그래? 어디 아프니?"

그러나 나비 공주는 아무 대답이 없었다. 정말 나비 공주는 내가 싫어 날 버리고 도망간 것일까?

나는 나비 공주를 꼭 찾아야 한다고 생각했다. 어디 갔니, 나비 공주야. 돌아와. 내가 잘못한 게 있으면 용서해 줘. 돌아오면 이제 부턴 정말 잘할게. 내 눈에서는 나도 모르게 눈물이 나서 볼을 타고 흘러내렸다. 나는 집 안팎으로 나비 공주를 찾아 헤맸다. 조금만 기다려, 나비 공주야. 내가 너를 찾아 지켜 줄 테니까.

내가 찾고 있는 나비 공주는 눈만 갖고는 찾을 수 없는 것인지도 몰랐다. 마음으로 찾아야 했다. 마음의 눈을 뜨고 찾아야 했다. 어디 있니, 사랑하는 나비 공주야!

"야, 여기 있구나! 이제야 찾았어. 나비 공주야, 내가 얼마나 널 찾아 다녔는지 아니?"

나비 공주는 집 마당 구석의 나뭇가지에 매달려 있었다. 그런데 어찌된 일인지 꼼짝도 하지 않아서 아무리 봐도 죽은 것 같았다. 나는 피가 멎는 느낌이 들었다. 가엾은 나비 공주!

그런데 어느 순간, 죽은 것 같던 나비 공주가 몸을 꿈틀거리기 시작했다. 그러곤 이렇게 말하는 듯 머리를 흔들었다.

"울지 마. 난 죽은 것처럼 보이지만 사실은 그렇지 않아. 이 몸뚱이는 껍질 같은 거야. 헌 껍질쯤은 버려도 슬프지 않아. 나는 지금 번데기가 되기 위해 변신을 하고 있을 뿐이야."

　나는 정말 걱정스러운 얼굴로 나비 공주가 변
신하는 광경을 지켜봤다.
　"아프진 않니?"
　나비 공주의 몸 빛깔은 하루하루 바뀌었다.
애벌레 단계를 지나 번데기가 된 나비 공주.
나는 그 번데기 속에서 무슨 일이 벌어지고
있는지 궁금하기도 했고, 때로는 걱정도 됐
다. 나비 공주가 저 속에서 잘 지내고 있을까.
번데기 상태에서 몸 빛깔의 변화는 며칠이고
이어졌다. 그것은 신비였다. 곧 놀라운 일이
벌어질 것만 같았다. 나는 하루도 빠짐없이
가슴을 두근거리며 내 나비 공주를 지켜봤다.
　그렇게 초승달이 보름달로 바뀌었을 즈음,
번데기가 열리더니 그 속에서 뭔가 기어 나오
기 시작했다. 나는 숨을 죽인 채 바라봤다.
　나비가 나온다! 나비 공주가!
　내 곁에는 아무도 없었다. 나는 혼자서 그
광경을 지켜봐야 했다. 그래서 나는 또 한 가지
중요한 사실을 알게 됐다. 나비 공주가 번데기
를 열고 나온다는 것을.

「변신」 84x54cm 한지에 채색 2002

「미로迷路」 57x89cm 한지에 채색 2002

　　나비 공주가 나오는 그 순간, 나는 생명 현상의 신비를 온몸과 마음으로 느꼈다. 나의 나비 공주는 아름다웠다. 알 속에는 분명히 나비 공주가 들어 있었다. 알에서 애벌레로, 이어 번데기로 탈바꿈해 나비 공주가 되기까지는 오랜 시간이 걸렸지만.

　　무슨 일이든 다 될 대로 되는 법이다. 비록 어른들이 어떻게 생각하든, 알에서는 나비가 나오지 않았나 말이다.

　　아, 어쩌면 내 몸 속에도 나비가 살고 있는 것은 아닐까? 아름다운 나비 공주가!

호리병벌과 질그릇

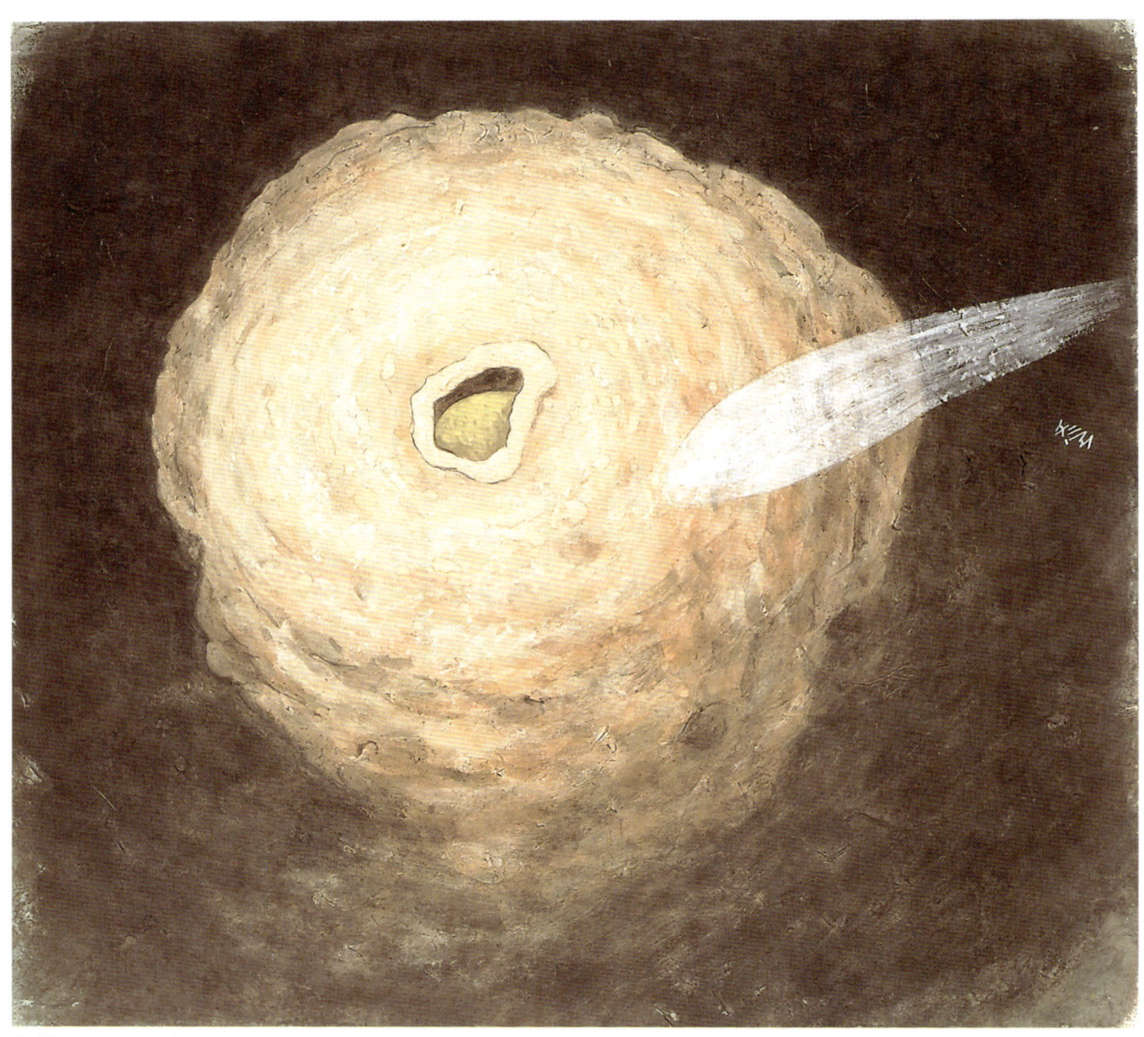

「날개」 61×64cm 한지에 채색 2002

호리병벌과 질그릇

강에 이는 잔물결이 햇빛을 받아 반짝였다. 강가에는 줄과 부들, 물부추, 달뿌리풀, 창포 같은 물풀들이 우거져 있었다. 그 곁으로 한 무리의 사람들이 보였다. 여자와 어린애들로 이루어진 서른 명 남짓의 무리였다. 무리는 강가의 풀나무 덤불을 뒤적이며 열매와 뿌리, 새알, 꿀벌의 집 따위를 찾고 있었다. 밝아 보이는 살빛, 몸집에 비해 작은 머리, 오목조목한 얼굴 생김새, 좁은 듯한 이마, 튀어나온 눈두덩……. 그들은 아무래도 백인종과 황인종의 혼혈인 듯했다.

멀지 않은 곳에 산줄기가 솟아 있었다. 꼭대기와 높은 쪽에 눈이 쌓여 있어서 산 이마가 희끗희끗해 보였다. 그 산자락의 우거진 숲 언저리에도 한 무리의 사람들이 나타났다. 모두 팔다리가 튼튼해 보이는 남자였는데, 나이 많은 이와 젊은이들이 섞여 있는 무리였다. 그들은 허리춤에 돌도끼를 차고, 손에 박달나무로 만든 긴 창을 들고 있었다. 창 끝에는 뾰족한 돌이나 동물의 뼈로 만든 촉이 끈으로 단단히 매여 있었다. 멀지 않은 들판에서 털코뿔이, 털코끼리, 사슴 같은 동물들이 한가로이 풀을 뜯고 있는 게 보였다.

두 무리는 같은 부족이었다. 하늘을 숭배하는 이 부족은 스스로 저희를 하늘바라기 부족이라고 불렀다. 하늘바라기 부족을 이끄는 사람은 '무당 할머니'였다. 성성한 백발 사이로 빛나는 날카로운 눈은 무당 할머니가 여느 늙은이가 아님을 말해 줬다. 무당 할머니는 혈족의 '어머니'로 불렸으며, 모계 사회의 우두머리로서 땅과 사람을 다스리는 하늘의 딸로 받들어졌다. 바람과 비와 구름을 거느리고 부족의 갖가지 일을 주관하는 주술사이자, 하늘의 해에 제사를 올리는 의식을 관장하는 유일한 사람이기도 했다. 아직 정착하지 못한 이 하늘바라기 부족은 동물들을 따라다니며 사냥을 하는 틈틈이 채취도 겸하는 떠돌이 생활을 하고 있었다.

강가 여자들의 무리에 끼여 걷고 있는 석기인 '환인'은 아직 어린애였다. 무리는 식물의 열매와 뿌리, 조개와 우렁이 따위를 채집하며 남쪽으로 이동하고 있었다. 문득 환인이 들판 쪽으로 머리를 돌렸다. 멀리 사냥을 하고 있는 아버지와 형들이 눈에 들어왔다. 아마 환인도 몇해 뒤에는 남자들의 무리에 끼여 사냥에 나설 수 있을 터였다. 다시 걸음을 옮기던 그가 나뭇가지에 얼굴을 긁힐까 봐 몸을 숙일 때였다. 갑자기 아랫배가 살살 아파 왔다. 어제 저녁에 모처럼 많이 먹은 사슴 고기 때문인 듯했다.

환인은 무리에서 처져 토끼 가죽으로 만든 바지를 내리고 덤불 사이에 쪼그리고 앉았다. 손수 만든 돌도끼를 만지작거리며 그가 똥을 누고 있을 때였다. 윙윙거리는 소리가 나서 돌아보니 어깨 너머로 벌한 마리가 다가오는 게 보였다. 그는 조용히 오리걸음으로 몇 발짝 앞으로 옮겨 앉았다. 이럴 때는 벌집에서 되도록 멀리 떨어지는 게 상책이었다. 그는 오늘처럼 똥을 누다가 벌에 엉덩이를 쏘인 적이 한 번 있

「흙」 63×79cm 한지에 채색 2002

「둥지」 50x37cm 한지에 채색 2002

었다. 벌에 쏘인 엉덩이는 불이 난 듯 따갑고 쓰라렸다. 가시에 찔렸을 때보다 훨씬 아파서 눈물이 찔끔 날 정도였다.

그는 벌집이 어디쯤 있는지 확인하고 싶었다. 뒤쪽을 제대로 보려면 다시 오리걸음으로 몸을 틀어야 했다. 풀꽃 사이에 떠 있는 벌이 보였다. 벌은 아마 집을 짓고 있는 듯했다. 옆으로는 빨간 열매들을 단 채 휘늘어진 산딸기 넝쿨도 보였다. 잘 익은 산딸기를 보자 입안에 저절로 군침이 돌았다. 운이 좋으면 산딸기는 물론이고 꿀맛까지 볼 수 있을지도 몰랐다. 그는 마음이 달뜬 채로 다시 한 번 아랫배에 힘을 줬다.

환인이 똥을 누고 일어나서 살펴보니, 뒤에서 윙윙거리던 벌은 꿀벌이 아니었다. 그 벌은 생김새부터 꿀벌과는 달랐고, 한결같이 입에 진흙을 물고 있었다. 흙덩이를 물고 있다니 이상한 벌이었다. '흙을 먹는 벌도 다 있네.' 환인은 그렇게 생각하며 산딸기를 한 움큼 따서 입에 쓸어 넣었다. 산딸기는 향긋한 냄새와 함께 입안에서 살살 녹는 느낌이었다. 언제 이런 기회가 다시 올지 알 수 없었으므로 그는 거듭 산딸기를 훑어 입 가득히 우겨 넣었다.

풀잎에 앉아 있는 벌이 다시 그의 눈에 들어온 것은 웬만큼 배가 찬 뒤의 일이었다. 벌은 입에 문 진흙으로 뭘 만드는 데 열중하고 있었다. 환인의 처음 생각과는 달리 벌은 집을 짓고 있는 게 아닌 듯했다. 옆에 이미 만들어 놓은 걸 보니 그것은 무슨 장난감 같았다. 매실 크기 만한 예쁜 장난감…….

"아!"

흙으로 만든 그 작고 예쁜 장난감을 보고 환인은 저도 모르게 경탄했다.

　석기인 환인과 나의 첫 만남은 이렇게 우연히 이루어졌다. 그 아이의 눈은 정말 날카롭고 밝았다. 허연 엉덩이를 내놓고 있을 때 꼭 깨물어 쫓아 버리고 싶었지만, 똥 냄새가 너무 독해서 그러지 못한 것이 내 실수였다.

　"네 눈에는 이게 장난감으로 보이니? 얼뜨기 같으니라고! 이건 집이야, 집! 내 귀여운 새끼들을 키우기 위한 '단지' 라고."

　그는 산딸기를 하나씩 입안에 넣고 천천히 오물거리며 내 행동을 유심히 관찰하고 있었다. 그의 여유는 배가 부른 데서 나오는 것 같았다. 나는 그런 환인을 눈 여겨 살피고는 잠깐 윙윙거려 겁을 준 뒤 계속 집을 지었다.

　집짓기는 반죽한 흙을 풀잎에 문질러 바르는 것으로 시작한다. 이어 입으로 흙덩이를 길고 가늘게 늘여 가며 바깥쪽에서는 앞다리로 떠받치고 안쪽에서는 큰 턱으로 누르면서 왼쪽으로 돌기도 하고 오른쪽으로 돌기도 하며 엷은 벽을 만들어 나간다. 처음부터 집의 바닥 쪽은 위에서 보면 둥그스름해야 한다. 이렇게 거듭 날라 온 흙덩이를 길게 늘여 가며 반지 모양을 만든 뒤 지름을 조금씩 크게 해서 쌓아올리다가 다시 작게 해서 쌓아올리는 식으로 단지의 몸통을 만든다. 이어 목 부분에 흙덩이를 조금 바른 다음 길고 가는 턱 끝과 앞다리 끝으로 흙덩이를 늘여 가며 단지의 몸통 끝에 깃을 단 뒤 나팔형으로 접어 구부려 단지 만들기를, 다시 말해 집짓기를 마감한다.

　환인은 내가 단지를 만드는 과정이 꽤나 신기한 눈치였다. 그는 눈을 반짝반짝 빛내며 내가 하는 일을 지켜보고 있었다. 호기심 가득한 그 눈빛이 내 몸에 닿는 느낌이었다. 그러나 나는 이윽고 불안해졌다. 그의 눈빛에 어려 있던 호기심이 차츰 욕심으로 변해 가는 듯했기 때문이다. 내 새끼들을 키우기 위해 만든 단지를 그 어린애가 훔쳐갈지도 모른다는 직감이 들었다.

그때였다.

"먹고 있는 것이 무엇이냐? 이리 내놓거라."

갑자기 무당 할머니의 카랑카랑한 목소리가 들렸다. 환인을 노려보는 쏘는 듯한 눈빛은 늙은이의 그것이라곤 믿기 어려웠다. 아마 무당 할머니는 무리에서 처진 환인을 찾아 나선 길인 듯했다.

"손에 쥔 것을 내놓으라고 했느니라."

환인은 고개를 숙인 채 산딸기를 쥐고 있는 손을 앞으로 내밀었다.

"누구도 뭘 혼자 몰래 먹어서는 안 된다는 것을 잊었느냐?"

"······."

환인의 눈에서 눈물 방울이 떨어져 사슴 가죽으로 만든 신발을 적셨다. 한 끼를 굶는 것은 한창 자라는 나이인 그에게 작은 벌이 아니었다. 무당 할머니의 얼굴에 문득 연민의 빛이 어렸다. 그것은 어쩔 수 없는 모성애의 발로인 듯했다. 사람이 꿀벌과 다른 점이 아마 이런 것일 터였다.

"오늘은 내 못 본 것으로 하마. 그런데 무슨 일로 벌을 그리 유심히 지켜보고 있었느냐?"

"여기 장난감 같은 게 있어서요. 벌이 흙으로 예쁜 그릇을 만들었어요."

그는 풀가지에 붙어 있는 내 단지를 따서 무당 할머니에게 보였다. 마치 그것에 마술을 걸어 달라는 듯이.

"열 살이나 먹었으니까 혼자 떨어져 있으면 위험하다는 것쯤은 알 텐데? 호랑이라도 나타나면 어쩌려고. 어서 가자."

「응시」 60x22cm
한지에 드로잉

　무당 할머니를 앞서 달리는 환인의 뜀박질은 풀숲을 내닫는 토끼만큼이나 빨랐다.

　걱정한 대로 그는 내가 하루 내내 땀 흘려 가며 만들어 놓은 단지, 내 새끼들이 살 집을 갖고 갔다. 나는 새끼들의 집을 빼앗겨서 무척 속이 상했다. 그가 자리를 뜬 뒤에야 목덜미라도 꽉 물어 버릴 걸 하는 생각이 들었으니 나도 꽤 한심한 벌인 셈이다.

　달이 가고 해가 갔다. 겨울이 열 번 넘게 지나고, 봄도 열 번 넘게 흘렀다.

　무리는 봄 여름 가을에는 이동을 하고 겨울에는 일정한 테두리 안에서 사냥을 하며 살았다. 그러다가 금강 유역에 흘러든 무리는 지금의 충청남도 공주군 장기면 석장리에서 정착 생활에 들어갔다. 마을을 형성한 그들은 인구가 백이십 명 정도로 늘어났으나, 같은 씨족으로 이루어진 부족이라는 것에는 변함이 없었다.

　강에서 멀지 않은 들판에 여남은 채의 움집이 보였다. 땅을 판 뒤 털코끼리의 뼈와 가죽으로 기둥을 세우고 지붕을 얹은 반 지하식 집이었다. 움집 복판에는 화덕이 있었다. 한쪽 구석에는 화살촉, 창끝, 작살, 낚시, 그물추 같은 사냥 도구와 찍개, 찌르개, 긁개, 밀개, 새기개 같은 생활 용구가 가지런히 놓여 있다. 나무나 동물의 뼈 따위로 만든 것도 더러 있었으나, 아직 도구나 용구의 대부분은 돌을 다듬어 만든 석기류였다.

　강 얕은 쪽에서 남자들이 칡넝쿨로 엮은 그물로 물고기를 잡고 있었다. 들판에서 일손을 놀리는 남자들도 보였다. 그들은 다른 곳에서 캐어 온 풀나무를 심거나 꼬챙이로 구멍을 파 가며 씨를 뿌리고 있었다.

「설색」 46x46cm 한지에 채색 2001

정착 생활을 하게 된 하늘바라기 부족은 초기 농경과 함께 사냥과 고기잡이 그리고 채집도 하면서 살림을 꾸려 갔다.

해질 무렵, 마을 공동 소유의 큰 움집 앞에 여자들이 모여들었다. 여자들은 하나같이 들소가죽 치마와 토끼털 조끼로 몸을 가리고 있었다. 사이사이에 어린애들이 끼여 있는 것도 보였다. 큰 움집의 문이 열리더니 안에서 한 남자가 나왔다. 환인이었다. 어엿한 어른이 된 환인……. 옹기종기 모여 있던 사람들이 설레는 표정으로 그를 맞았다. 환인은 무리의 존경을 받는 '무당', 다시 말해 부족장이 되어 있었다. 그는 여자들이 지켜보는 앞에서 찰흙을 주무르기 시작했다. 여자들은 그의 손놀림 하나 하나에 주의를 기울였다. 그가 찰흙으로 만들어 보이고 있는 것은 질그릇이었다. 흙으로 그릇을 만드는 것을 보며 여자들은 하늘이 그에게 어떤 계시를 내리는 것이라고도 생각했다. 환인은 여자들과 어린애들 앞에서 찰흙을 매만지며 지난 일들을 떠올렸다.

환인은 무당 할머니가 살아 있을 때부터 흙으로 그릇을 만들어 보곤 했다. 그가 아직 어릴 때, 남쪽으로 이동하던 하늘바라기 부족은 겨울을 나기 위해 지금의 함경북도 굴포리 석포항 쪽 바닷가에 머문 적이 있었다.

어느 날, 해가 하늘 복판에 이를 즈음 무당 할머니가 환인을 불렀다. 환인은 무슨 일인가 싶어 고개를 갸웃했다.

"안녕하세요, 할머니."

"어서 오너라, 아들아. 내가 너를 찾았느니라."

무당할머니한테는 무리의 어린애들도 모두 제 아들과 딸이었다.

"……"

「상」 55x54cm 한지에 채색 2002

"내 아들아, 너는 벌이 흙으로 집을 짓던 지난 여름 그 일을 기억하고 있느냐. 아마 그것을 보고 너는 그릇이라고 했지. 이것 말이다."

무당 할머니는 그날 환인이 갖고 온 흙으로 만든 벌집이 달린 풀가지를 소중하게 간직하고 있었다. 그날 뒤로 무당 할머니는 그것을 남모르게 꺼내 보며 때때로 깊은 생각에 잠기곤 했다.

"네, 할머니. 아직 생생히 기억하고 있습니다. 그 이상하게 생긴 벌도 기억나는 걸요."

"그래, 어떤 벌이었느냐? 어디 말해 보거라."

"그 벌은 꿀벌과 좀 다르게 생겼습니다. 허리가 잘록한 건 꿀벌하고 비슷한데, 몸통이 가늘어서 호리병박처럼 길쭉해 보였어요."

"그래? 그렇다면 그 벌을 '호리병벌'이라고 부르기로 하자. 아무래도 하늘이 너를 잘 보신 것 같구나. 하늘은 너에게 남달리 예리한 눈을 주셨느니라. 이제부터 너는 호리병벌을 찾아내서 그 벌이 그릇을 어떻게 만드는지 잘 살펴보도록 하거라. 벌이 그릇 만드는 법을 알아내서 나에게 일러 달라는 말이다. 어떠냐, 할 수 있겠느냐?"

환인은 잠깐 생각을 한 다음에 대답했다.

"네, 할머니, 할 수 있어요."

"그래, 너는 차분하고 끈기가 있으니 잘할 것이라고 믿는다. 너는 싸울아비나 사냥꾼보다는 무당이 될 소질이 많아 보여. 그 호리병벌, 흙으로 그릇 만드는 벌을 알게 된 것은 하늘에 감사해야 할 일이야. 하늘과 조상님께서 그 벌을 우리에게 보내 주셨느니라."

아직 어렸지만 환인은 무당 할머니가 무슨 말을 하는지 거의 다 알아들을 수 있었다. 무당 할머니는 그릇의 쓸모에 대해 많은 생각을 한 것이 틀림없었다.

"그리고 이왕이면 벌이 만드는 것보다 큰그릇을 네 손으로 만들어 보지 않겠느냐? 여기를 보거라. 이 그릇을 크게 만들면 속에 씨앗을 많이 담을 수 있을 것이야. 물고기를 담아 둘 수도 있고 말이다. 어떠냐, 네가 그릇을 크게 만들 수 있겠느냐?"

"예, 할머니께서 시키는 일이라면 뭐든지 하겠어요."

추위와 굶주림의 계절인 겨울이 지나고 다시 봄이 찾아왔다. 날씨가 풀리고 꽃이 피기 시작하자 환인은 호리병벌을 찾아 들과 숲을 돌아다녔다. 그러나 아무리 들쑤시며 돌아다녀도 호리병벌은 도통 구경할 수가 없었다. 호리병벌을 찾아다닌 지 사흘째 되는 날 저녁이었다. 터덜터덜 집으로 돌아오는 길에 환인은 문득 속담 한 가지를 떠올렸다.

예전에 신경통으로 고생하던 무당 할머니가 아이 몇을 데리고 늑대 똥을 찾아 나선 적이 있었다. 거기에는 환인도 끼여 있었는데, 어떻게 된 건지 그날 따라 늑대 똥이 좀처럼 눈에 띄지 않았다. 숲에 들어가서 몇 걸음 옮기다 보면 밟히곤 하던 그 흔한 늑대 똥이 다 어디로 갔는지 알 수 없는 노릇이었다. 그러자 무당 할머니가 혼잣말을 했다.

"늑대 똥도 약에 쓰려면 없느니라."

무당 할머니의 이 한 마디가 아이들의 입을 타고 번진 끝에 하늘바라기 부족의 속담이 된 것이다.

그때 환인이 나를 찾지 못한 것은 당연한 일이었다. 그는 우리 호리병벌의 생태를 몰랐다. 봄이 되자마자 무턱대고 우리를 찾아 나선 것은 우물가에서 숭늉 찾는 격이나 마찬가지였다.

나는 호리병벌 가운데서도 황점호리병벌이다. 어미 황점호리병벌은 때가 되면 환인이 우연히 본 대로 흙으로 단지를 빚는다. 단지가 완성

「호응」 60×90cm 한지에 채색 2002

되면 어미는 그 속에 살포시 배를 집어넣은 뒤 알을 낳는다. 알의 크기
는 길이 3.5밀리미터, 지름 1밀리미터쯤 된다. 그러니까 사람의 눈에는
얼른 보이지 않을 정도로 작다. 알의 모양은 땅콩을 닮았고, 빛깔은 윤
기가 도는 연노랑이다. 처음 이틀 동안 알은 길이 1밀리미터쯤 되는 실
끝에 매달려 단지의 보꾹에 거꾸로 대롱대롱 매달린 채로 지낸다. 알을
매달고 있는 그 실은 사람 아기의 탯줄처럼 보드랍고 튼튼하다. 이틀
뒤에는 알에서 애벌레가 나온다. 황점호리병벌 애벌레는 어미 벌이 사
냥해 단지 속에 넣어 둔 나방 애벌레를 먹고 자라서 번데기로 변한다.
그 상태로 겨울을 난 뒤 번데기에서 황점호리병벌이 깨어나는 시기는
늦은 봄, 다시 말해 어미가 알을 낳은 시점에서 보면 이듬해 봄이 무르
익을 무렵이다.

그것도 모르고 환인은 이른봄부터 나를 찾아 헤맸으니……. 그러나
나는 그를 타박하고 싶지는 않다. 시행 착오는 누구에게나 있으니까.
사람만 그럴 것이라고 생각하면 잘못이다. 호리병벌의 역사에도 많은
시행 착오가 아로새겨져 있다. 말하자면 우리 벌도 여러 선구자의 노고
로 이만큼 진화해 온 것이다.

내가 환인과 다시 만난 것은 그해 초여름의 일이었다. 하늘에 먹구름
이 끼어 있던 흐린 날이었다. 바람이 잘 통하는 풀숲에서 한창 흙단지
를 만들고 있는데, 갑자기 이웃 덤불이 흔들리더니 그가 나타났다. 가
장 조심해야 할 동물인 '슬기슬기사람', 그 가운데서도 환인이라는 호
기심 많은 사람이 마침내 나를 찾아낸 것이다. 나는 조상 대대로 유전
된 본능에 따라 곧바로 경계 태세에 들어갔다. 공격이 최선의 방어라는
말은 알고 보면 사람보다 우리 벌이 먼저 쓰던 말이다. 나는 여차하면
덤벼들어 물어뜯을 채비를 갖추었다. 그런데 나를 보자마자 대뜸 내뱉

은 그의 말이 걸작이었다.

"반갑다, 반가워! 내가 널 찾아 삼만 리는 돌아다녔을 거다!"

아이 티를 갓 벗은 그의 얼굴에는 이제 막 여드름이 피고 있었다. 그의 눈빛은 진지했다. 나는 마음이 흔들렸다. 나를 보자마자 반기는 사람을 어떻게 공격한단 말인가. 나는 그를 믿어 보기로 했다. 그의 진지한 눈빛을……

그때부터 환인은 내 곁에서 머물며 나의 행동을 낱낱이 지켜봤다. 처음에는 그가 곁에 있는 게 신경이 쓰였지만, 이윽고 나는 집을 짓는 데 정신을 집중했다. 나는 정성을 기울여 내 새끼들이 자랄 흙단지 집을 만들어 나갔다. 어쩌면 그때 나는 그의 존재를 애써 모른 척한 것일지도 몰랐다. 무엇보다 내 생명이 다할 날이 얼마 남지 않았음을 스스로 알고 있었기 때문이다. 나의 삶에서 가장 중요한 임무는 죽기 전에 다음 대에 생명을 이어 주는 것이었다.

단지를 만들 때 내가 선택하는 흙은 특별한 것이라고 할 수 있다. 호리병벌 가운데서도 어떤 종족은 물 먹으러 다니는 동물들이 밟아 놓은 진흙을 강가에서 날라 와 그것으로 단지를 만들기도 한다. 그러나 나 같은 황점호리병벌은 이미 반죽된 진흙은 사용하지 않는다. 그런 흙으로 단지를 빚는 호리병벌은 아직 미개한 종족이다. 사람으로 치면 그는 슬기사람이고, 나는 슬기슬기사람인 셈이다. 그만큼 황점호리병벌은 진화한 종족이다.

그러면 우리가 어떻게 질 좋은 단지를 만드는지 이 자리에서 알려 주겠다. 먼저 물이나 이슬을 뱃속에 가득 채운다. 그런 다음에 큰턱으로 보드라운 흙가루를 모아 혀끝에서 스며나오는 물과 섞어 가며 잘 갠다. 우리 호리병벌의 큰턱은 꿀벌의 것보다 가늘고 길다. 물에 개어 뭉친

흙덩이가 산초나무 열매 크기쯤 되면 그것을 입에 물고 집 짓는 곳으로 간다. 단지 하나를 만들려면 이와 같은 흙덩이가 서른 개쯤 있어야 한다. 황점호리병벌은 주로 풀가지에 집을 짓는다. 그런데 우리 종족이 흙가루를 침으로 개어 스스로 반죽을 하는 것에는 이유가 있다. 우리가 쓰는 반죽은 물과 흙가루로만 버무린 게 아니다. 거기에는 우리 몸 속을 거치면서 만들어진 특수 액체가 섞여 있다. 이 액체로 말미암아 우리가 지은 집은 햇볕에 겉이 말라도 부서지지 않고, 비를 맞아도 잘 허물어지지 않는 것이다.

이 특수 액체의 신비한 효과를 환인이 안다고 볼 수는 없었다. 그는 다만 내가 물에 젖은 흙덩이를 물고 오는 것으로 알고 있었다. 뒷날, 환인의 아들 환웅은 남다른 안목으로 우리의 이 비법을 알아채게 된다.

아무튼 환인은 내가 단지 빚는 과정을 끈질기게 지켜본 뒤 곧바로 그릇 만들기에 나섰다. 그는 물을 섞어서 반죽한 흙으로 그릇을 만들어 보려고 애썼다. 어설픈 손길을 놀리는 중간에 그는 잠깐씩 눈을 감기도 했다. 내가 풀숲에서 단지 빚던 장면을 떠올리는 눈치였다.

그릇은 좀처럼 모양이 갖추어지지 않았다. 그늘에서 일했지만 흙을 만지다 보면 어느새 물기가 말라 그는 다시 연잎으로 물을 뜨러 가야 했다. 그럼에도 그는 며칠째 끈질기게 그릇 만들기에 매달렸다. 내 눈으로 보기에 그가 만들려는 그릇은 호리병벌의 단지보다 훨씬 컸다. 그러나 막상 그가 만들어 내놓은 질그릇은 크기만 했지 엉성하기 짝이 없었다. 더 기가 막힌 것은 그 질그릇의 모양이었다. 그것은 밑이 판판한, 투박하고 거친 민무늬 질그릇이었다. 저래서야 우리 황점호리병벌의 단지를 언제 쫓아오겠나 싶었다. 하기야 흙 반죽을 물레 위에 올려놓고 돌리면서 그릇을 빚는 기술이 아직 없던 때이긴 했지만…… 어쨌든 사

람이 처음 만든 질그릇은 그만큼 조잡한 수준의 것이었다. 그럼에도 무당 할머니는 환인이 만든 그릇을 보고 매우 기뻐했다.

"훌륭하구나!"

무당 할머니는 그렇게 말하더니 생각에 잠기는 듯 엄숙한 표정을 지었다.

아침 노을을 뚫고 해가 솟을 무렵이었다. 무당 할머니를 비롯한 부족 사람들이 너럭바위 앞에 엎드려 있었다. 앞쪽만 조금 빼고 돌무더기로 에워싸여 있는 그 너럭바위는 하늘바라기 부족의 제단이었다. 제단 위에는 환인이 만들어 바친 질그릇이 놓여 있었다. 질그릇은 아침 햇살을 받아 불그스름해 보였다. 무당 할머니가 조용히 일어났다. 환인도 따라 일어섰다. 사슴피로 붉은 칠을 한 그의 얼굴이 번득였다. 그는 눈을 크게 뜨고 입을 굳게 다문 채 동쪽 바다에서 떠오르는 해를 바라봤다. 환인 옆에는 아리따운 처녀 '달님'이 서 있었다. 달님은 무당 할머니가 무척이나 아끼는 처녀였다. 하늘에 제사를 올릴 때면 달님은 으레 무당 할머니가 하는 일을 곁에서 도왔다.

이따금 무당 할머니의 흰 머리칼이 바람에 휘날렸다. 무당 할머니가 떠오르는 해를 향해 두 팔을 치켜들었다.

"하늘에 알리옵니다. 여기 생명을 가진 흙으로 새로이 탄생한 질그릇을 바치나이다. 이제 알곡을 담을 그릇이 준비되었습니다. 새로운 생명의 씨앗을 잉태해 주소서."

이제 하늘바라기 부족은 먹거리 문제에 관한 한 해결의 실마리를 찾은 셈이었다. 흙으로 만든 벌집에서 암시를 얻어 만든 질그릇은 무리의 살림에 커다란 보탬이 될 터였다. 호리병벌의 애벌레가 흙단지 속에서

「그리움」130×130cm 한지에 채색 2001

번데기로 겨울을 난 뒤 봄에 어른벌레가 되듯이, 가을에 거둔 씨앗으로 봄에 새로운 생명을 싹트게 할 수 있을 것이었다. 무당 할머니는 생명의 질그릇 속에서 겨울을 난 씨앗이 봄 들판에서 새롭게 움터 오르는 광경이 눈앞에 어른거리는 듯했다. 씨를 뿌려 지은 농사로 먹거리가 넉넉해지면 무리는 떠돌이 생활을 그만두고 한 곳에 뿌리를 내린 채 살아갈 수 있을 터였다. 그렇게 본다면 질그릇의 발명은 부족의 역사에서 일대 전환점이 될지도 몰랐다. 무당 할머니로서는 감격에 겨운 날이 아닐 수 없었다.

여름 해가 이글거렸다. 제단 위에 놓여 있던 질그릇은 햇볕을 오래 받자 금이 가는가 싶더니 이내 부서지고 말았다. 누구도 예상하지 못한 일이었다. 제사를 주관한 뒤 돌아가 쉬고 있던 무당 할머니에게 이 소식이 전해졌다. 무당 할머니는 움집에서 나와 맨발인 것도 잊고 허청허청 걸음을 옮겼다. 제단으로 쓰이는 너럭바위 쪽에는 이미 사람들이 모여 웅성대고 있었다. 앞쪽에는 환인과 달님의 모습도 보였다. 환인은 풀이 죽었는지 고개를 떨구고 있었다. 하늘에 바친 질그릇이 부서진 것을 본 무당 할머니는 그 자리에서 쓰러지고 말았다.

몸져누운 무당 할머니는 초승달이 보름달로 바뀔 때까지도 일어나지 못했다. 그러던 어느 날, 무당 할머니가 환인과 달님을 제 움집으로 불렀다. 무당 할머니는 거친 숨을 몰아쉬며 달님과 환인의 손을 잡았다.

"내 아들과 딸아! 제대로 된 질그릇을 꼭 만들어야 하느니라."

이 말이 무당 할머니가 숨을 거두기에 앞서 남긴 마지막 말이었다.

하늘바라기 부족은 거대한 돌무덤을 세워 무당 할머니를 장사 지냈다. 먼 뒷날까지 남은 그런 돌무덤을 사람들은 '고인돌'이라고 부르게 된다.

　나는 그 즈음 다섯 번째 흙단지를 만들고 있었다. 단지 하나를 만들려면 이틀에 걸쳐 서른 번쯤 흙을 물어 날라야 했다. 흙단지 만들기는 고된 일이었지만, 앞으로 깨어날 새끼들을 생각하면 어미로서 당연히 해야 할 일이었다. 다섯 번째 단지를 다 빚은 뒤, 나는 그것이 마를 때까지 풀잎에 앉아 숨을 돌렸다. 이제 단지 안에 알을 낳아야 할 터였다. 그런 다음에는 알에서 깰 새끼들에게 먹일 나방 애벌레를 사냥하러 가야 했다. 새끼들의 먹이를 단지 안에 넣은 뒤에 나들목을 흙으로 막아야 어미로서 내가 해야 할 일이 끝나는 것이다.

　흙단지 안에 알을 낳은 뒤 나는 곧 나방 애벌레를 찾아 나섰다. 새끼들의 먹이로 주려면 나방 애벌레가 더 크기 전에 잡아와야 했다.

　나방 애벌레를 찾는 데는 요령이 필요하다. 나방 애벌레는 쑥이나 칡잎을 먹고 자란다. 따라서 나방 애벌레가 눈 똥에서는 특유의 냄새가 난다. 칡넝쿨이 얽혀 있는 덤불에서 나는 그 냄새를 맡을 수 있었다. 한 바퀴 돌면서 살펴보니 과연 칡잎에 붙어 있는 나방 애벌레가 눈에 띄었다. 나는 즉시 큰 턱으로 목덜미를 물고 그 애벌레를 땅바닥에 메쳤다. 그러고는 가슴에 독침을 찔러 마취시킨 뒤 그 애벌레를 물고 단지가 있는 쪽으로 돌아왔다. 나는 큰 턱과 앞다리로 길게 늘어진 나방 애벌레를 머리 쪽부터 단지에 밀어 넣었다. 나방 애벌레의 가슴께가 입구에 끼는 듯해 큰 턱으로 조금 눌러 주었다. 이럴 때 단지 나들목 쪽의 나팔형 깃은 깔때기 구실을 했다. 나는 단지 속으로 나방 애벌레를 마저 밀어 넣었다. 곧 내 새끼들이 알에서 깨면 그 애벌레를 먹고 자랄 터였다.

　나는 마음이 바빴다. 단지에 넣을 나방 애벌레를 몇 마리 더 물고 와야 했기 때문이다. 몇 차례 더 오간 끝에 먹잇감 애벌레를 단지에 다 넣

「생生」 53×82cm 한지에 채색 1996

은 나는 마무리를 서둘렀다. 단지의 나들목을 흙으로 막아야 하는 것이
다. 이렇게 단지의 나들목을 흙으로 막아 놓으면 개미 새끼 한 마리도
속으로 들어갈 수가 없다.

초여름 동안 나는 이틀에 하나씩 모두 여섯 개의 단지를 만들었다.
나는 암컷이 깨어날 단지에는 열 마리쯤, 수컷이 깨어날 단지에는 다섯
마리쯤의 먹잇감 애벌레를 넣어 두었다. 다리 여섯 개 깨물어 안 아픈
다리가 어디 있을까만, 어쩔 수 없는 일이다. 우리 호리병벌은 어디까
지나 모계 중심 사회다. 우리는 대를 잇는 데 암컷이 더 중요한 구실을
한다고 믿는다.

자, 이제는 새끼들하고도 이별이다. 나는 곧 죽어서 영원한 어머니인
흙의 품으로 돌아갈 것이다. 하늘바라기 부족의 무당 할머니와 마찬가
지로……. 나는 죽음이 두렵지 않다. 내 새끼들이 대를 이어 살아갈 것
임을 알기 때문이다. 이제 한 달쯤 지나면 내가 만든 단지 안에서 호리
병벌이 나올 것이다. 늦여름에 깬 그 호리병벌은 내 새끼이므로 ‘나 다
음의 나’ 인 셈이다. 그 호리병벌은 가을에 흙단지를 만들고 알을 낳을
것이다. 그러고는 새끼들이 겨울을 잘 나도록 단지 안에 더 많은 먹이
를 넣어 둘 것이다. 단지 안에서 겨울을 난 새끼들은 늦봄에 호리병벌
이 돼 나올 것이다. 늦봄에 깬 그 호리병벌은 내 새끼의 새끼이므로
‘나 다음의 나 다음의 나’ 인 셈이다. 이렇게 본다면 나는 영원히 사는
것이라고도 할 수 있지 않을까. 내가 죽음을 두려워하지 않는 이유
가 여기에 있다.

무당 할머니의 장사를 치르고 한 달쯤 지난 뒤, 무리는 지금의
강원도 양양군 오산리 쪽으로 이동했다. 거기서 환인은 다시 호리

「가을」 45x45cm 한지에 채색 2000

병벌을 찾아 나섰다. 그러나 어떻게 된 일인지 호리병벌은 좀처럼 눈에 띄지 않았다. 며칠에 걸쳐 비가 오락가락하더니 아침저녁으로 날씨가 선선해졌다. 어느덧 여름이 가고 있었다.

그가 빗물이 고여 질퍽한 늪가에 있을 때였다. 갑자기 덤불 쪽에서 토끼처럼 튀어나와 그를 껴안는 여자가 있었다. 달님이었다. 하마터면 진창에 넘어질 뻔한 그가 몸을 추스르며 말했다.

"깜짝 놀랐네. 여긴 웬 일이야?"

"가만히 보니까 말야, 여기가 호리병벌이 흙을 물어 가는 곳이야. 어제 오늘 사이에 몇 번 봤거든."

"그래? 틀림없이 호리병벌을 본 거지?"

"내가 호리병벌을 못 알아볼까 봐?"

"아니, 그럴 리야 있겠어. 벌써 며칠째 찾아 헤매도 못 본 걸 네가 봤다니까 하는 말이지."

"나도 틈틈이 호리병벌을 찾아다녔어. 눈에 띄거든 너한테 알려 주려고⋯⋯."

"그럼, 여기서 좀 기다려 볼까."

"땅이 너무 질어. 저 위로 올라가 있자."

"어, 조심해! 넘어질라."

두 사람은 늪가에서 몇 발짝 걸어나와 바닥에 드러나 있는 나무 뿌리에 걸터앉았다. 나뭇잎 사이로 어룽어룽 해가 비쳤다. 구름에 가려 있던 해가 나오자 갑자기 매미 울음소리가 커졌다. 그래도 여름철 매미 소리에 비하면 어딘지 한풀 꺾인 느낌이었다. 환인이 풀숲에서 나온 청개구리 쪽에 한눈을 팔고 있는데, 달님이 팔꿈치로 그를 건드렸다.

"저기 봐, 호리병벌이야!"

달님이 가리키는 쪽을 보자, 덤불 속 떨기나무 사이로 날아오는 벌 한 마리가 눈에 들어왔다. 호리병벌이었다! 벌은 늪으로 흘러드는 실개울 위를 빙빙 맴돌았다. 이윽고 호리병벌은 실개울 곁 진흙 바닥에 내려앉았다. 그 벌은 환인이 늦봄에 본 것보다 꽤 커 보였다.

호리병벌은 큰턱과 앞다리로 흙을 모아 돌려 가며 조그맣게 뭉쳤다. 얼마 뒤 벌은 흙덩이를 한입 물고 숲 속으로 날아갔다. 두 사람은 벌을 따라가려고 했으나 덤불이 거치적거리는 바람에 그럴 수가 없었다.

"어떡하지?"

"개울 곁에 가 있자. 벌이 다시 올 거야."

환인과 달님은 꼬박 한나절이 걸려서야 호리병벌이 단지 빚는 곳을 알아낼 수 있었다. 그 벌의 흙단지는 벼랑 모퉁이 쪽 해 드는 풀숲에 감춰져 있어서 찾기가 어려웠다. 그런데 이상하게 그 벌은 풀가지에 집을 짓지 않았다. 풀숲에 흩어져 있는 돌에 집을 짓고 있었다. 집 모양이 다른 것도 그의 흥미를 끌었다. 그가 보기에 집은 거의 완성 단계인 듯했다.

두 사람은 숨을 죽인 채 그 호리병벌을 관찰했다. 그 벌은 흙덩이를 다루는 솜씨가 아주 좋았다. 벌이 저렇게 영리하구나 싶어 환인은 감탄하지 않을 수 없었다. 돌 무더기 틈에 지어 놓은 반구형의 벌집…… 문득 그의 머릿속에서 밑이 뾰족한 질그릇을 만들면 어떨까 하는 생각이 떠올랐다.

"저 벌집을 따 가자."

"뭐?"

환인은 벌을 쫓으며 집이 달려 있는 돌을 통째로 뽑아들었다. 호리병벌이 사납게 윙윙거리며 그에게 덤벼들었다.

"달님아, 뛰어!"
두 사람은 걸음아 날 살려라 하고 달아났다.

　가을과 겨울이 가고 봄날이 흐르고 있었다. 다시 늦봄이었다. 환인은 기대와 흥분 속에서 흙단지의 나들목을 뚫고 나오는 벌을 지켜보고 있었다. 큰호리병벌이었다. 우리 황점호리병벌의 친족인…….
　나는 환인의 첫 번째 스승이었다. 환인은 나의 표정과 몸짓을 이해하려고 애썼다. 그러나 우리 황점호리병벌의 단지 만들기 비법은 그에게 너무 어려웠다. 절묘하고 정밀한 흙단지 빚기, 무엇보다 그는 우리 몸을 거쳐 나온 특수 액체의 비밀을 알 수 없었다.
　우리 호리병벌 종류의 신비한 능력은 나로서도 다 설명할 수가 없다. 호리병벌은 종류가 많은 만큼이나 흙으로 집을 짓는 방법 또한 갖가지다. 우리는 새끼들의 안전을 위해 종족마다 독특한 흙집을 만들어 적의 침입을 막고 환경의 변화에 대비한다. 환인이 내가 빚은 흙단지를 본떠 질그릇을 만들려고 한 것은 갸륵한 일이다. 그 질그릇이라는 게 내가 만든 흙단지에 비하면 아직 형편없었지만 말이다.
　환인은 질그릇에 씨를 담아 겨울을 난 뒤 그것을 봄에 뿌리면 거기서 새싹이 틀 것이라고 믿었다. 무당 할머니 또한 그렇게 믿어 의심치 않았다. 나아가서 무당 할머니는 잘 만든 질그릇이 많으면 저희 무리가 한 곳에 정착해 농경 생활을 할 수 있을 것이라고 생각했다. 내가 알기로는 죽기 전 무당 할머니가 꿈꾸던 것이 바로 농경을 통한 정착 생활이었다. 하늘바라기 부족의 지도자로서 무당 할머니가 그토록 질그릇에 집념을 보인 것도 이런 까닭이었다.
　얼마 뒤, 환인의 눈앞에 큰호리병벌이 모습을 드러냈다. 큰호리병벌

「청명」 60×90cm 한지에 채색 2002

은 그의 두 번째 스승이 될 것이었다. 내가 보기에 어쩌면 그는 질그릇의 재료인 흙의 선택 문제와 관련해 두 번째 스승의 도움을 받을 수 있을 터였다. 질그릇을 만들 때 어떤 흙을 쓰느냐 하는 것은 매우 중요한 문제다. 단지를 빚어 본 경험에 따르면, 흙은 모양 갖추기뿐 아니라 기능 측면에도 크게 작용한다.

그러나 아무리 좋은 흙이라도 그것만 갖고서는 제대로 된 질그릇을 만들 수 없다. 내가 이렇게 잘라 말하는 데는 그럴 만한 이유가 있다.

호리병벌의 암컷은 때때로 나방 애벌레의 체액을 스스로 빨아먹기도 한다. 나방 애벌레를 사냥하면 새끼들에게만 갖다 주는 게 아니라는 말이다. 암컷 호리병벌이 나방 애벌레의 체액을 먹는 것은 사람이 고기를 먹는 것과 별반 다르지 않다. 이렇게 체액을 통해 섭취한 동물성 단백질은 우리 뱃속의 알을 키우는 데 필요한 영양분으로 쓰인다. 아울러 나방 애벌레의 체액은 단지를 만드는 데도 쓰인다. 우리가 흙덩이를 반죽할 때 위에서 물에 희석된 나방 애벌레의 체액이 침에 섞여 나오는데, 이런 반죽으로 빚어야 단지가 마른 뒤 방수성을 갖추게 되는 것이다. 말하자면 나방 애벌레의 체액이 단지의 방수 효과를 높이는 데 한몫을 하는 셈이다. 호리병벌의 몸을 거쳐 나오는 특수 액체의 비밀은 이 정도만 털어놓겠다.

사람도 그렇듯이 호리병벌 또한 제 몸에서 벌어지는 일이라고 해서 그것을 다 알지는 못한다. 다만 여기서 내가 궁금하게 여기는 것은 우리 몸에서 나오는 특수 액체의 비밀을 전혀 모르는 환인이 과연 제대로 된 질그릇을 만들 수 있을까 하는 점이다.

그해 내내 환인은 큰호리병벌의 단지와 똑같이 생긴 질그릇을 만들어 보려고 애썼다. 황점호리병벌 출신인 나로서는 왠지 좀 섭섭했지만

어쩔 수가 없었다. 그는 거듭 시도했고, 거듭 실패했다. 호리병벌에게
는 사람에게 없는 무엇이 있다는 걸 환인은 알지 못했다. 아마 그는 호
리병벌의 신비한 능력이 무척 부러웠을 것이다.

　곁에 달님이 없었다면 환인은 질그릇 만들기를 중도에 포기했을지도
모른다. 달님은 무당 할머니가 두 사람에게 마지막으로 남긴 말을 마음
깊이 새기고 있었다. 달님이 보기에 환인은 부족의 운명을 걸머진 사람
이었다. 달님은 그의 동무가 돼 줬고, 끼니를 챙겨 줬으며, 낙담해 떨군
머리를 제 가슴에 파묻도록 했다.

　여러 해 뒤, 환인은 하늘바라기 부족의 지도자 자리에 올랐다. 그는
무리 가운데 가장 머리가 좋은 사람이었다. 질그릇 만드느라 손을 많이
쓰고 생각도 많이 한 것이 그의 머리 힘을 더욱 키운 듯했다. 그가 질그
릇 만드는 것을 부족 사람들은 마술을 부리는 것으로 여기기 일쑤였다.

　환인은 무리를 이끌고 남쪽으로 이동하며 숱한 질그릇을 만들어 봤
다. 그러나 마음에 드는 질그릇은 하나도 만들 수가 없었다. 자꾸 만들
다 보니 모양은 웬만큼 잡혀 갔으나, 기능 측면에서 끊임없이 문제가
따랐다. 특히 그를 괴롭히는 것은 방수 문제였다. 기껏 만들어 놔도
비를 맞거나 물을 담으면 질그릇은 못 쓰게 됐다. 물에 닿은 질그
릇은 이내 부서져서 흙더미가 되곤 했다.

　남쪽으로 이동하던 하늘바라기 부족이 지금의 충청남도 공
주군 장기면 석장리 금강 유역에 이르렀을 때였다. 거기서도
환인은 흙을 구해 질그릇부터 만들어 봤다. 그러나 역시 질그릇은 마
음먹은 대로 나오지 않았다. 물을 담아 둔 지 이틀만에 바닥이 꺼져 버
린 것이다. 그는 홧김에 망가진 질그릇을 모닥불 속으로 내동댕이쳤다.

「굴절」 55x58cm 한지에 채색 2001

아내인 달님이 걱정스런 얼굴로 그가 하는 짓을 보고 있었다. 갑자기 목이 말랐다. 그는 허청거리며 강가로 갔다.

환인은 새삼스레 강물에 비친 제 모습을 들여다봤다. 말라 버린 얼굴, 퀭한 눈에 흐트러진 머리칼……. 왠지 쓴웃음이 나왔다. '그래, 이젠 생긴 것도 호리병벌을 닮아 가는군.' 그는 머리를 강에 박고 꿀꺽꿀꺽 물을 들이켰다. 물이 목줄기를 타고 내려가자 위장에서 소리가 났다. 그가 물을 마시고 나서 손을 거두려고 할 때였다. 바닥을 짚고 있던 두 손에 이상한 감촉이 전해졌다. 미끄러우면서도 차진 느낌이었다. 그는 퍼뜩 정신이 났다.

찰흙! 찰흙이 거기에 있었다. 그는 손가락끼리 마주 비비며 흙을 문질러 봤다. 끈적끈적한 기운이 살아 있는 흙, 바로 점토였다. 그는 뛸 듯이 기뻤다. 마침내 제대로 된 질그릇을 만들 수 있는 흙을 발견한 것이다. 그는 찰흙을 들고 아내 달님이 기다리고 있는 움집으로 달려갔다.

"여보, 찾았어!"

그런데, 이건 또 어떻게 된 일일까? 식어 가는 모닥불 속에서 반짝거리는 것이 있었다. 아까 내동댕이친 질그릇 조각들이었다. 그는 쪼그려 앉아 재 속에서 반짝거리는 조각들을 가만히 들여다봤다.

더 식은 뒤에 꺼내서 만져 보니 그 조각들은 단단히 굳어 있었다. 그는 거기서 질그릇 만드는 비법을 또 하나 발견하게 됐다. '맞아, 불이야! 질그릇을 불에 구워 보는 거야!' 불의 신비한 힘 앞에서 그는 숨이 막힐 듯했다. 질그릇을 빚어 불에 굽는 것은 호리병벌한테서 배운 게 아니었다. 사람만의 독특한 방법이었다. 일찍이 사람은 나무에서 살다가 땅으로 내려온 다음 불을 쓰게 됐다. 질그릇 굽기는 사람이 불을 쓰게 된 뒤 일어난 가장 중요한 사건으로 꼽을 수 있을 터였다.

　환인은 회상을 접고 다시 현실로 돌아왔다. 찰흙 덩어리는 그의 손놀림에 따라 어렴풋이 윤곽을 띠더니, 이윽고 형태를 이루기 시작했다. 그가 공들여 빚고 있는 질그릇은 큰호리병벌이 만들던 항아리를 확대해 놓은 모양이었다. 알다시피 그의 두 번째 스승은 큰호리병벌이었다.

　부드러운 감촉의 질그릇을 어루만지며 그가 큰 소리로 말했다.

　"이 그릇은 해님을 상징하는 것이다! 하늘이 우리에게 준 선물이다!"

　그는 곁에 서 있는 복숭아나무의 가지를 하나 꺾더니 그걸로 질그릇 겉에 죽 금을 그었다. '一' 표시였다.

　"이것은 해님께 바치는 표시다."

　이어 그는 빗금을 그었다.

　"이것은 불과 호리병벌에게 바치는 표시다. 호리병벌과 불의 도움이 없었다면, 이렇게 훌륭한 질그릇을 만들지 못했을 것이기 때문이다."

　그는 질그릇 겉에 잇달아 줄을 그으며 말했다.

　"다음으로 '∧' 표시는 우리 부족을 상징하는 것이고, '／' 표시는 풍요와 다산을 기원하는 것이며, '×' 표시는 처음으로 질그릇을 만든 나와 내 아내를 기리기 위한 것이다."

　그가 질그릇 겉에 새긴 갖가지 표시는 한데 어울려 빗살무늬가 되기에 이르렀다.

　"이제 질그릇을 만드는 방법은 모두 알 것이다. 이 질그릇을 잘 보고 앞으로는 겉에 무늬를 넣는 것도 잊지 말기 바란다."

　그의 말에 모여 있던 이들 가운데 몇몇은 무늬를 더 잘 봐 두려고 이리저리 고개를 틀기도 했다. 곧 달님이 그 빗살무늬 질그릇을 조심스럽게 그늘 쪽으로 옮겨 놓았다. 아들 환웅이 가만가만 달님 뒤를 따랐다.

이튿날부터 부족 사람들은 너나없이 질그릇 만들기에 나섰다. 남자들도 강가에서 찰흙을 날라오느라 부산스러웠다. 갓난쟁이만 아니면 아이들까지 모두 손에 흙을 묻히고 있었다. 환인과 달님은 눈코 뜰 새 없이 바쁜 며칠을 보내야 했다. 두 사람의 도움으로 손이 서툰 이들도 얼마 뒤에는 그럭저럭 그릇을 빚을 수 있었다. 솜씨껏 질그릇을 빚은 이들은 겉에 저희 부족을 상징하는 빗살무늬를 넣는 것도 잊지 않았다.

며칠 뒤, 환인의 지시로 마을 빈터에 땔나무 더미가 쌓였다. 땔나무 더미 복판에는 그늘에서 말린 빗살무늬 질그릇들이 놓여 있었다. 이윽고 무리가 지켜보는 가운데 환인이 부싯돌로 불을 붙였다. 연기가 나더니 곧 땔나무 더미에서 불길이 솟았다. 그 광경을 지켜보는 사람들의 표정은 한결같이 엄숙했다. 활활 타오르는 땔나무 속에서 질그릇들이 묵묵히 불의 신성한 기운을 빨아들이고 있었다. 이렇게 불에 의한 정화 의식을 거친 질그릇은 쉽게 부서지지 않았다.

어느 순간, 환인은 불꽃 속에서 무당 할머니가 웃고 있는 환영을 봤다. 무당 할머니의 영혼이 찾아온 것이라고 그는 생각했다. 어떻게 보면 불꽃 속에서는 호리병벌도 어른거리는 듯했다. 호리병벌의 단지가 사람의 질그릇으로 탈바꿈하는 시간이 다가오고 있었다.

빗살무늬 질그릇들이 잉걸불 속에서 은은히 빛났다. 불꽃이 질그릇들을 감싸안고 돌며 천연의 유약을 입혀 놓은 것이다. 밤이 깊어 가면서 불은 벌건 숯 더미 사이로 잦아들었다. 환인의 얼굴이 불빛에 젖어 번들거렸다. 숯불은 달님과 환웅의 눈동자 속에서도 이글거렸다.

다시 아침이 밝았다. 이제 숯불도 사위어 땔나무가 있던 자리에는 숯과 재만 수북히 쌓여 있었다. 환인은 잿더미를 밟으며 질그릇들이 놓여 있는 곳으로 나아갔다. 그가 질그릇 가운데 하나를 높이 들어올렸다.

「우리의 터」 91×181cm 한지에 채색 2002

"오, 이 질그릇은 참으로 신비롭고 아름답구나!"

사람의 의지와 벌의 지혜가 섞인 마술 항아리, 즉 제대로 된 질그릇이 탄생하는 순간이었다. 빗살무늬 질그릇, 즉 빗살무늬토기가……

알곡을 보관하기 좋은 '참된 질그릇'의 발명은 이렇게 이루어졌다. 그 뒤, 사냥과 보잘것없는 채취 활동에 기대어 근근히 살던 인류에게 이 질그릇은 풍요와 다산의 밑거름 구실을 톡톡히 하게 됐다.

날아라, 왕잠자리

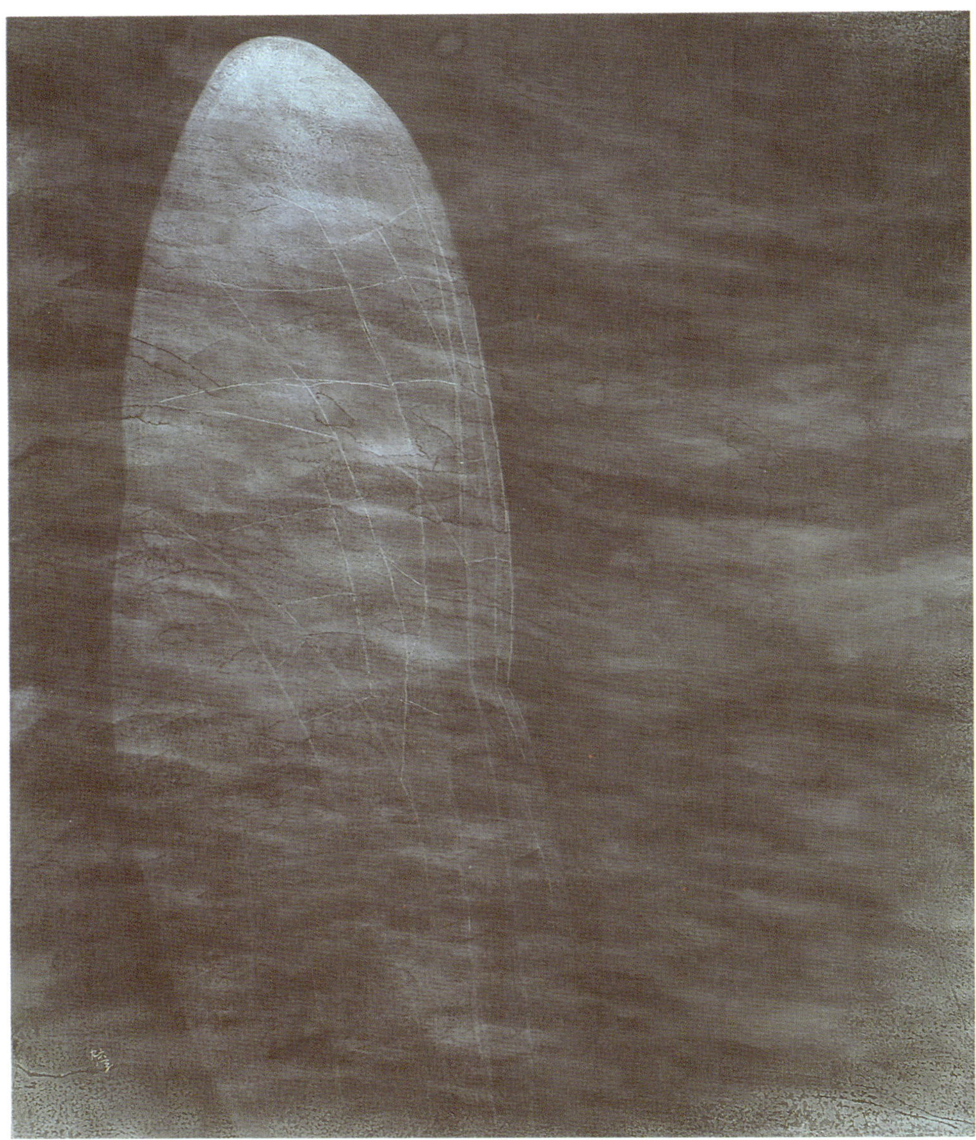

「비상」 120x100cm 한지에 채색 1996

날아라, 왕잠자리

해가 뜨면서 늪에 이는 잔물결에 찬란한 금빛을 뿌렸다. 늪가의 줄과 부들이 바람과 속삭이듯 가볍게 흔들렸다. 하루의 시작을 알리는 움직임이 잠자리 떼 사이로 빠르게 번져 나갔다. 풀가지에 앉아 있는 잠자리들의 날개가 파르르 떨렸다. 드디어 몇천 마리에 이르는 잠자리 떼가 자리를 박차고 날아올랐다. 잠자리들은 아침 햇살에 날개를 반짝이며 파리와 모기 따위를 쫓기 시작했다. 여느 날과 다름없이 먹는 쪽과 먹히는 쪽이 쫓고 쫓기면서 하루가 열리고 있었다.

그런데 늪에서 좀 떨어진 언덕 위에는 아침부터 날기 연습을 하는 잠자리가 한 마리 있었다. '왕잠자리'였다. 그는 먹잇감도 없는 곳에서 홀로 날갯짓을 하고 있었다.

왕잠자리는 몇천이나 되는 거울 같은 면으로 이루어진 눈을, 차디찬 느낌을 주는 그 푸른 눈을 부릅뜨고 있었다. 그의 괴상하게 생긴 눈은 하늘과 땅을 한꺼번에 보고 있었다. 커다란 눈 속에 몇천을 헤아리는 작은 눈들이 있었고, 그 하나 하나가 모두 날카롭게 하늘과 땅 그리고 늪가를 쏘아봤다. 커다란 눈앞의 머리끝에는 작은 갈색 눈 세 개가 있

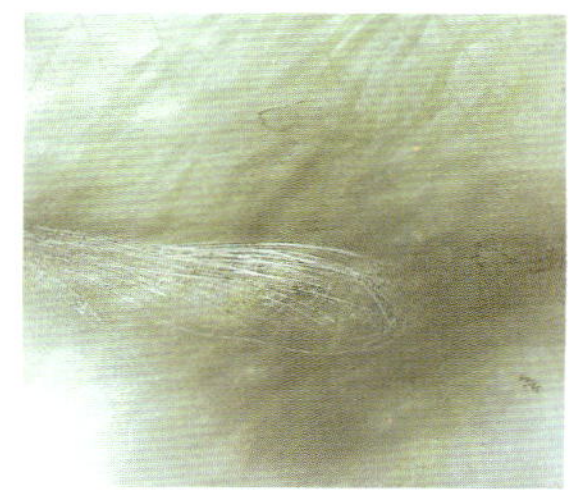

「바람」 51x57cm
한지에 채색 2002

「비飛」 138×480cm 한지에 채색 1995

었는데, 이것들 또한 흔들림 없고 날카로워 보였다.

　왕잠자리가 구슬 같은 남색 점이 박힌 푸른 몸통을 부르르 떨었다. 그러자 그의 몸이 좀 움츠러들었다. 배의 각 마디는 서로 꿈틀거리며 중심을 잡으려 애쓰고 있었으며, 거미줄처럼 얽힌 틀에 붙어 있는 커다란 네 날개가 공중에서 바들바들 떨고 있었다. 유리같이 투명한 네 날개는 저마다 힘살이 붙어 있어서 따로따로 움직일 수 있었다. 그는 앞날개와 뒷날개 모두 좌우의 날개를 동시에 움직여 날았다. 앞날개와 뒷날개가 움직이는 방법은 좀 달라서, 앞날개가 위에 있을 때 뒷날개는 아래로 내려와 있기도 했다.

　왕잠자리는 5미터 상공에서 날카로운 가시가 달린 여섯 다리를 몸통에 딱 붙인 채 네 날개로 날고 있었다. 새로운 비행 방법을 시험해 보고 있었지만, 커다란 눈이 번득이는 통에 그의 표정을 알아보기는 힘들었다. 그는 앞날개로 방향을 조절하고 몸을 공중에 떠 있게 했다. 그러면서 뒷날개 두 장은 끊임없이 휘저었다. 이런 식의 비행은 그가 공중 곡예를 시도하려는 것임을 뜻했다. 그는 바람이 세차게 불어오기를, 언덕에 맞바람이 부딪쳐 급상승하기를 기다렸다. 때를 기다리는 정지 비행술……. 그는 긴장을 늦추지 않았다. 언제 급상승 기류가 일어날지 알 수 없는 일이었다. 그는 날개 네 장을 조금씩 다른 쪽으로 틀어 각도를 조절하고 몸의 중심을 잡은 채 공중에 떠 있었다. 이제껏 어느 잠자리도 시도해 본 적이 없는 곡예 비행……. 그는 힘이 들었지만 새로운 공중 곡예를 위해 정지 비행 상태를 유지했다.

　언덕을 사이에 두고 늪과 들 양쪽에서 센바람이 불어왔다. 그가 기다리고 있던 맞바람이었다. 그는 뒷날개를 위로 밀어 올리며 재빨리 돛처럼 곧추세웠다. 세찬 바람이 날개에 부딪쳤다. 그의 몸이 튕겨 오르듯

공중으로 솟구쳤다.

흔히 잠자리는 이런 맞바람에 부딪치면 날개가 부러져 추락해 버린다. 따라서 세찬 맞바람을 만난다는 것은 잠자리에게 죽음을 뜻하기 일쑤다.

왕잠자리의 네 날개는 엄청난 빠르기로 공기를 모으는 한편, 뒤로 밀치면서 몸을 앞으로 밀었다. 앞의 두 날개는 거의 휘젓지 않고 가끔 위아래로 조금씩 방향만 틀었다. 이에 따라 그의 몸은 위로 솟거나 밑으로 떨어지곤 했다. 그의 비행은 아슬아슬해 보였다. 그러나 이 정도의 비행에서 그칠 계제가 아니었다. 새로운 곡예 비행을 시도해 보려고 그동안 얼마나 별러 왔나 말이다. 그는 네 날개를 한데 모았다. 이렇게 날개를 겹친 채 그는 맞바람의 틈새로 비집고 들어갔다. 확실히 그 왕잠자리는 여느 잠자리와 달랐다.

잠자리 종류는 흔히 날개돋이를 마치고 나면 두 번 다시 날개를 접지 못한다. 우화라고도 하는 날개돋이를 한 뒤에는 죽을 때까지 날개를 펼치고 있어야 한다는 말이다. 그러나 '실잠자리' 무리는 예외여서 때에 따라 날개를 접고 펼 수가 있다.

그는 잠자리의 몸에 밴 나쁜 습성을 버리고 싶었다. 무엇보다 날개를 펴고 나면 두 번 다시 접지 못하는 방향으로 잠자리 종류가 진화해 온 것이 마음에 걸렸다. 왕잠자리 또한 날개를 잘 접지 못하는 문제를 안고 있었다. 그가 이미 퇴화한 날개 접는 힘살을 되살리기까지는 혹독한 시련이 따랐다.

날개 접는 힘살을 되살리려는 시도는 웬만한 잠자리라면 엄두도 낼 수 없는 것이었다. 실잠자리 무리조차 왕잠자리가 하루에 몇백 번씩이

나 날개를 접고 펴는 실험을 하는 것을 보고 당혹스러워 했다. 그러나 날개는 좀처럼 접히지 않았고, 몸에 마비 현상이 오곤 했다.

왕잠자리는 실잠자리 무리의 비결을 터득하고 싶었다. 어디 앉아 있을 때는 날개를 접고, 날 때는 날개를 펴고 다니는 실잠자리의 능력이 그는 부러웠다. 그가 새로운 공중 곡예를 염두에 두게 됐을 때 가장 먼저 떠오른 것이 네 날개를 접는 문제였다. 날개 접는 힘살을 되살리기 위해 그는 무진 애를 썼다. 다른 잠자리들은 그의 이런 행동을 이해하지 못했다. 당황하는 잠자리도 있었고, 어이없어 하는 잠자리도 있었다.

"어이, 너 어디 아프니?"

하루는 날개를 반쯤 접고 갈대 이삭에 앉아 있는데 '밀잠자리' 가 다가와서 물었다. 그는 다른 잠자리들이 저를 이상한 잠자리로 여긴다는 걸 알고 있었다.

"걱정해줘서 고마워."

"널 걱정해서 하는 소리가 아니란 걸 알 텐데."

"내가 하는 짓이 별나 보이니?"

"그래, 이상해 보여. 말이 나왔으니까 좀 물어 보자. 너는 왜 실잠자리처럼 구니? 그렇게 날개를 접고 앉는 건 실잠자리 무리나 하는 짓이 잖아? 너는 왕잠자리야. 왜 자꾸 실잠자리 흉내를 내려고 하지?"

"실잠자리라고 놀려도 상관없어, 나는 다만 실잠자리 무리는 날개를 접을 수 있는데, 다른 잠자리들은 왜 날개를 접지 못하는지 알고 싶을 뿐이야."

"이봐, 왕잠자리."

밀잠자리는 타이르듯 말했다.

"바보 같은 짓일랑 그만둬. 이제 얼마 지나지 않아 가을이 올 거

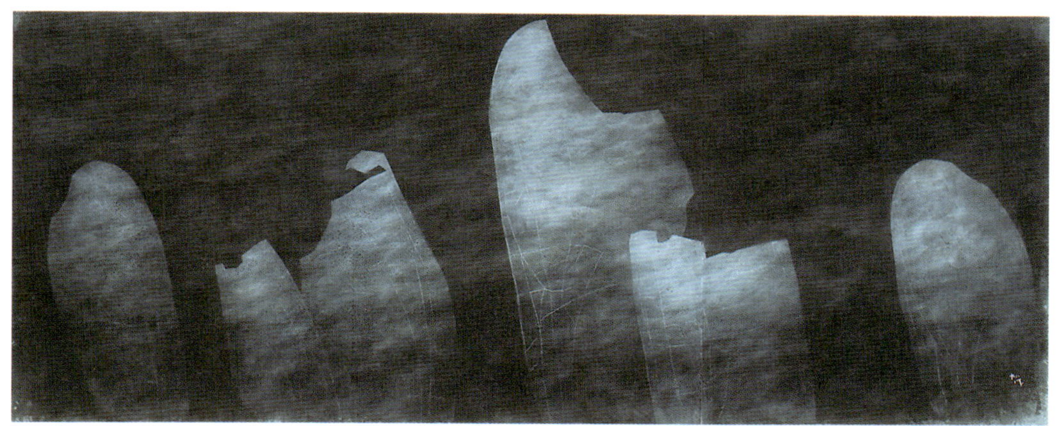

「고독한 날개」 135x405cm 한지에 채색 1998

야. 그러면 모기도 거의 다 없어지고, 파리도 차츰 겨우살이 채비를 하게 돼. 만일 네가 뭘 꼭 배우고 싶다면 수평 비행을 하는 법부터 배우는 게 어떻겠니? 물론 날개를 접고 앉는 게 꼭 나쁘단 소리는 아냐. 그렇지만 잠자리라면 아무래도 비행을 잘하고 봐야지. 우리 몸에 날개가 있는 이유가 뭐야? 날아다니며 먹이를 잡아먹기 위한 거고, 무엇보다 때가 되면 짝짓기를 하기 위한 거잖아? 너도 잠자리니까 그쯤은 알 거라고 봐."

왕잠자리는 고개를 끄덕였다.

"그래, 생각해 볼게."

"네가 걱정이 돼서 한 말이니까 고깝게 들진 말길 바라."

밀잠자리는 제 날개 끝으로 왕잠자리의 어깨를 가볍게 두드리고는 날아갔다.

그 뒤 왕잠자리는 한동안 여느 잠자리처럼 행동하려고 애썼다. 어디 앉을 때는 네 날개를 펴고 앉았으며, 다른 잠자리들과 어울려 먹이를 잡았다. 물가에서 영역 확보를 위해 싸우기도 하고, 짝이 될 만한 잠자리를 보면 재빨리 쫓아 날기도 했다. 그러나 왕잠자리는 얼마 지나지 않아 그런 일이 부질없이 느껴졌다.

'난 이런 일에만 매달려서 평생을 보내고 싶진 않아. 이래서야 산다는 게 무슨 의미가 있겠어?'

왕잠자리는 날개를 늘어뜨린 채 고민에 빠졌다. 늪가에서 다시 만난 밀잠자리가 한 말이 떠올랐다. 처음 만났을 때도 느낀 바지만, 그 밀잠자리는 보기 드물게 말을 잘했다.

"왕잠자리 네가 남다른 구석이 있는 잠자리라는 건 나도 인정해. 그렇지만 잠자리는 짝짓기를 하려고 알에서 깨어 애벌레 시기를 거치는 거야. 바꿔 말해서 새끼를 쳐서 대를 잇기 위해 우리가 살아 있다는 거지. 날개가 돋아 있다고 해서 잠자리의 삶에 더 숭고한 어떤 목적이 있을까? 나는 아무리 궁리해 봐도 대잇기를 빼고는 어떤 이유도 모르겠어. 앞으로도 결코 알 수 없을 테고 말야. 이렇게 본다면 우리가 날아다니며 파리와 모기 따위를 잡아먹는 것도 살아남아서 짝짓기를 하기 위한 준비 과정인 셈이지."

그 밀잠자리의 말에 꼬투리를 잡기는 어려웠다. 왕잠자리 또한 때때로 삶의 목적이나 의미를 놓고 궁리해 봤지만 무슨 거창한 생각은 떠오르지 않았다.

'그래도 이렇게 사는 건 너무 부질없어.'

왕잠자리는 힘들게 싸워 얻은 텃세권을 그날로 다른 잠자리에게 넘겨줬다. 그러고 나니 한결 홀가분한 느낌이 들었다.

'잠자리는 영역 싸움을 하느라고 허비하는 시간이 너무 많아. 그 시간 가운데 얼마는 비행술을 연구하는 데 쓰면 좋을 텐데……. 큰바람에 휩쓸려 죽거나 다치는 잠자리가 수두룩한데도 영역 싸움에만 신경을 쓰니 어쩌겠다는 건지. 배우고 익힐 게 얼마나 많은가 말야. 잠자리의 몸은 비상과 비행을 위해 특별하게 발달돼 있다는 걸 누구나 알잖아. 우리는 몸도 가늘고 길고, 날개도 가늘고 길어. 네 날개는 크고 가볍고 튼튼하고 말야. 따라서 연구하고 노력하면 빠른 비행 이외에 활공이나 정지 비행도 얼마든지 할 수 있을 거야. 또 짧은 거리는 뒤로도 날 수 있을 테고 말야. 참, 그런데 왜 잠자리는 날개를 접지 못할까?

왕잠자리는 다시 날개 접는 훈련과 날기 연습을 시작했다. 이윽고 날개 접는 법을 익히기에 이르렀지만, 그것만으로는 새로운 비행술을 시도할 수가 없었다. 중요한 건 날개 힘살을 이용해 날개를 마음대로 여닫는 단계에 이르는 것이었다. 그는 더 빨리 날개를 접고 펴는 훈련에 한동안 매달렸다.

어느 날, 왕잠자리는 10미터 상공에서 격렬하게 날개를 치며 맞바람 속으로 급강하했다. 그 경험을 통해 그는 어째서 잠자리가 날개를 접지 않는 방향으로 진화해 왔는지 어렴풋이 깨닫게 됐다. 날개를 접다 보면 소용돌이치는 바람 때문에 날개가 팔랑개비처럼 돌며 몸의 균형을 잃게 되는 것이 그 이유인 듯했다. 같은 동작을 거듭해 봐도 결과는 비슷했다. 세심한 주의를 기울인 그조차 센 바람 속에서는 날개를 빨리 접지 못해 번번이 몸의 균형을 잃고 말았다.

다음에는 20미터 상공에서 실험을 해 봤다. 그는 똑바로 수평으로 날다가 어느 순간 날개를 접으며 수직 급강하에 돌입했다. 그러자 날개가 팔랑개비처럼 돌아 정신을 차릴 수가 없었다. 그는 균형을 잡기 위해 날개를 폈다. 그의 몸이 가지에서 떨어진 나뭇잎처럼 밑으로 가라앉았다. 그는 날개 접기와 펴기를 아주 빨리 할 수가 없었다. 거듭 시도해 봤으

「보이는 것과 보이지 않는 것」 100×90cm 한지에 채색 1996

나 결과는 마찬가지였다. 한번은 맞바람 속으로 들어가는 순간 날개맥이 부러지면서 밖으로 튕겨나와 그만 풀숲에 곤두박질치고 말았다.

왕잠자리는 풀숲에 처박힌 채 생각했다.

'날개를 접고 있어야 하는데, 두려움 때문에 슬며시 다시 날개를 펴는 게 문제야. 또 뭐가 문제더라? 맞아, 공중에서 돌 때 정신을 똑바로 차려야 하는데…… 그래, 아무리 빠른 속도로 회전하더라도 정신만 똑

바로 차리고 있으면 한결 나아질 거야.'

30미터 상공에서 맞바람이 불 때 왕잠자리는 머리를 밑으로 하고 다시 시도해 봤다. 시속 50킬로미터의 맞바람이었다. 날개를 접어 고정시키자 날개가 팔랑개비처럼 돌았다. 엄청난 속도의 공중 회전이었지만 그는 정신을 차리려고 애썼다. 결과는 좋았다. 그는 10초에 200번쯤 공중 회전을 했다. 잠자리 세계에서 신기록을 세운 것이다.

그러나 왕잠자리의 승리는 잠깐뿐이었다. 공중 회전을 한 뒤 맞바람에서 빠져나오기 위해 네 날개를 펴는 순간, 그는 날개가 꺾이면서 그만 늪으로 곤두박질치고 말았다.

왕잠자리는 가까스로 의식을 추슬렀다. 그가 물에 떨어지자 소금쟁이들이 하나둘 모여들었다. 소금쟁이들은 긴 다리로 마치 얼음을 지치듯 물을 밟으며 미끄러져 다가왔다. 그의 몸은 늪의 잔물결에 실려 흔들리고 있었다. 날개맥이 여럿 부러져서 아프기도 했지만 실패의 맛은 더욱 쓰라렸다. 소금쟁이들이 입맛을 다셨다. 어떤 입에는 녹색 피가 묻어 있는 게 보였다. 그는 차라리 소금쟁이들이 어서 제 체액을 빨아 그걸로 만사가 끝났으면 하는 심정이 됐다.

왕잠자리는 잔물결에 몸을 맡긴 채 생각했다.

'나는 기껏 한 마리 잠자리일 뿐이야. 한계가 있는 건 당연해……. 나는 할만큼 했어.'

소금쟁이들이 길고 날카로운 입을 치켜세웠다. 그가 문득 생각의 가닥을 달리 잡았다.

'그런데 내가 정말 원하던 곡예 비행이 그 정도였나? 아냐, 뭔가 잘못됐어. 어떻게 했어야 좋았을까? 그래, 날개로 몸통을 완전히 감싼 채 총알처럼 빨리 회전하며 맞바람을 뚫고 나왔어야 했어. 날개를 접는 것

「수련」 46×48cm 한지에 채색 2000

「낙설落屑」 100×100cm 한지에 채색 1995

만으론 팔랑개비처럼 불안정하게 돌 수밖에 없는 거야.'

그는 부러진 날개를 감싸안은 채 숨을 머금고 물 속에서 빙그르르 뒹굴어 봤다. 한 번, 다시 한 번, 그는 빠른 속도로 회전하려고 애썼다. 그의 몸은 물을 가르며 빠르게 앞으로 나아갔다. 감히 소금쟁이들이 따라올 수 없을 정도로 나아가는 속도가 빨랐다. 왕잠자리는 소금쟁이들이 놀라서 떠드는 소리 따위에는 신경을 쓰지 않았다. 다만 물위에서 회전을 거듭할 따름이었다. 그는 물보라까지 일으키며 물을 가르고 빠르게 나아갔다. 지금이 때였다.

'날개를 펴자!'

그의 몸이 다시 하늘로 떠올랐다.

'그래 바로 이거야! 내가 그 동안 왜 이걸 몰랐을까? 날개를 접어 몸을 감싼 채, 오직 몸으로 날면 되는 거야. 몸으로만! 총알처럼 회전하면서……'

왕잠자리는 100미터 상공까지 올라갔다. 그러고는 날개로 몸을 감싼 채 회오리바람 속으로 총알처럼 회전하며 급강하했다.

바람이 사납게 으르렁거리며 그의 머리에 부딪쳤다. 그는 엄청난 속도로 공중 회전을 하며 회오리바람에서 빠져 나왔다. 10초에 300번이 넘을 만큼 빠른 회전이었다. 아찔한 순간이 지나고 그는 날개를 폈다. 등뒤로 산들바람이 불어왔다. 그는 안도의 한숨을 쉰 뒤 헤엄치듯 하늘길을 따라 천천히 날았다.

얼마 뒤, 왕잠자리는 다시 공중 곡예 비행 훈련에 나섰다. 자연스럽게 네 날개를 접은 그가 소용돌이치는 바람 속으로 돌진했다. 세찬 바람이 그의 몸을 뒤흔들었다. 바람이 세면 셀수록 그의 회전 속도는 빨라졌다. 그런 상태에서 날개를 펴면 그의 몸뚱이는 산산조각이 날 터였다. 그는 날개로 몸을 감싼 채 공중 회전을 계속했다. 회오리바람 속에 갇힌 채 그는 회전을 멈출 수가 없었다. 왕잠자리는 그만한 회전 속도에서는 어떻게 방향을 틀어 회오리바람 속에서 빠져 나올 수 있는지 아직 몰랐다. 소용돌이치는 바람 속에서 총알처럼 빠르게 돌다 보니 그는 이내 감각이 마비되고 어지럼증이 났다.

그는 정신을 잃지 않으려고 애썼다. 바람과 바람이 부딪치는 금속성 소리가 윙윙거렸다. 그는 맞바람 속에서 10초에 400번이 넘게 회전하다가 문득 눈을 감았다. 어떻게든 바람의 소용돌이 속에서 빠져나가야 했다. 곧 그는 몇 차례의 곡예 비행 경험을 바탕으로 한 가지 생각을 해 냈다. 그는 날개의 끄트머리를 조금씩, 아주 조금씩 움직여 봤다. 그의 생각은 옳았다. 총알처럼 맹렬히 회전하는 상태에서도 그는 몸을 다른 방향으로 틀 수 있었다. 드디어 알아낸 것이다! 날개의 끝만을 아주 조금씩 움직이면 회전하는 와중에도 어렵지 않게 방향 전환을 할 수 있다는 걸. 그는 소용돌이치는 바람의 기둥 속에서 부드럽게 빠져 나와 날개를 펴고 수평 비행으로 전환했다. 왕잠자리는 기쁨에 겨워 네 날개를 부르르 떨었다. 그가 기어이 잠자리 역사에서 처음으로 완벽한 공중 곡예 비행을 한 것이다.

그 뒤로도 왕잠자리는 갖가지 비행술을 계속 갈고 닦았다. 공중에서 오래 정지하기, 수직에서 수평으로 꺾어 날기, 팔랑개비 돌기, 맴돌며 회오리바람 뚫고 나오기, 바람에 몸을 싣고 흐르다가 급선회하기, 상승 기류를 타고 순식간에 치솟기, 고속 발진으로 날아가는 파리 따라

가서 잡기, 공중에서 잠자기……. 어느덧 그는 날개를 마음대로 움직일 수 있었고, 날씨와 갖가지 바람의 특성을 알게 됐다. 어쩌면 그에게는 비행술 개발이야말로 삶의 의미이자 목적일지도 몰랐다.

그 왕잠자리는 상식에 매여 사는 여느 잠자리와 확실히 다른 구석이 있었다. 그는 현실에 안주하는 잠자리가 아니었다. 고난 속에서도 스스로 배우고 익혀 비행술의 새로운 경지를 연 잠자리였다. 그에게는 탐구와 도전 그리고 모험 정신이 있었다.

갑자기 먹구름이 몰려오는가 싶더니, 곧바로 비가 오고 세찬 바람이 불었다. 잠자리들은 술렁이며 숲이나 덤불 속으로 몸을 피했다. 비바람은 밤새도록 사납게 몰아쳤다. 이튿날 아침에 날이 개자, 왕잠자리는 나무 구멍에서 날아올라 일대를 둘러봤다. 걱정한 대로 처참한 광경이 눈에 들어왔다. 곳곳의 나뭇가지가 꺾이고 여기저기 덤불이 쓰러져 있었다. 늪에는 잠자리의 주검이 숱하게 떠 있었고, 덤불이나 풀숲에 널브러진 주검도 일일이 헤아릴 수가 없었다. 하룻밤 사이에 잠자리 무리는 반나마 목숨을 잃은 듯했다. 운이 좋거나 날개의 힘이 센 잠자리들만이 살아남은 셈이었다. 왕잠자리는 늪가의 돌 위에 앉아 생각에 잠겼다.

'잠자리의 조상은 3억 5천만 년 전에 지구에 나타났다지. 그동안 얼마나 많은 잠자리가 먹이 다툼과 영역 싸움, 그리고 무리 속에서의 짝짓기 경쟁에만 매달려 시간을 허비했을까? 그래서는 더 나은 삶이 있다는 사실을 알기도 전에 목숨이 끝나 버린다는 걸 왜 모를까? 3억 5천만 년이나 지난 지금까지도…….'

그때 밀잠자리 한 마리가 비칠비칠 다가와 곁에 내려앉았다. 예전에 그에게 충고를 하던 잠자리였다. 왕잠자리는 그 밀잠자리를 못 알아볼

뻔했다. 밀잠자리는 긁힌 얼굴에 날개
가 찢기고 꼬리까지 꺾인 몰골이었다.

"저런, 많이 다쳤구나."

"휴, 말도 마. 꼼짝없이 죽는 줄 알았
어."

"어디로 피신했는데?"

"덤불 속에서 밤새 떨었어. 그런데
너는 어디 있었길래 그렇게 멀쩡하
니?"

"응, 나무 구멍 속에 있었어. 아무래
도 날씨가 심상치 않아 보여서 일찌감
치 들어갔지."

밀잠자리가 그를 새삼스럽게 훑어보
더니 말했다.

"어제 같은 경우엔 쨍쨍하던 날씨가
순식간에 변해서 잠자리들이 미리 대
피하지 못했는데?"

"글쎄, 난 좀 예민한 편인가 봐."

"넌 여느 잠자리가 잘 모르는 걸 알고 있는 것 같군. 날씨 변화를 미
리 알아챈 걸 보면……."

"비행 연습을 많이 하다 보니까 날개에 바람만 닿으면 날씨가 어떻게
변할지도 웬만큼 알 수 있게 됐어."

"그래? 정말 대단하군."

밀잠자리는 잠깐 햇볕에 날개를 말리는 듯하더니 다시 말했다.

「어제 오늘 내일」 174x114cm 한지에 채색 1995

"이봐, 왕잠자리."

왕잠자리가 제 쪽으로 고개를 틀자 밀잠자리가 말을 이었다.

"네가 알고 있는 걸 다른 잠자리들도 알아야 한다고 봐. 날씨 변화나 비행술 또는 날개 접는 법 같은 거 말야. 어제 같은 비바람 속에서 살아남아야지 대 잇기도 할 수 있을 테니까."

"글쎄, 다른 잠자리들이 그런 걸 알려고 할까?"

"하기야 나만 해도 네가 하는 일을 말리려고 했지……. 내가 고정 관념을 갖고 널 대한 건 미안하게 생각해."

"뭐, 미안할 것까지야……."

"아무튼 네가 알고 있는 걸 되도록 많은 잠자리한테 가르쳐 주길 바라. 잠자리 무리의 앞날을 생각한다면 말야."

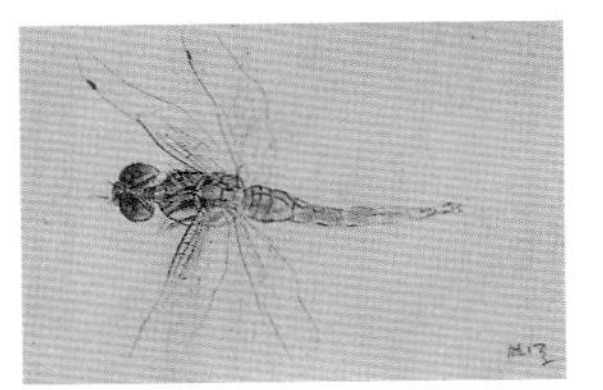

「잠자리」 35×20cm 드로잉 1999

밀잠자리는 자리를 뜨면서 날개로 왕잠자리의 어깨를 두드리려고 했으나 몸이 뜻대로 움직이지 않았다. 왕잠자리는 덤불 있는 데까지 밀잠자리를 업어다 주려고 했다. 그러나 밀잠자리가 극구 사양했으므로 그는 자리를 지킬 수밖에 없었다. 다친 몸으로 힘겹게 날아가는 밀잠자리가 안쓰러워 보였다. 어른 노릇을 하는 버릇이 있는 듯해 좀 거슬리긴 했지만, 밀잠자리는 말만 잘하는 게 아니라 생각도 퍽 깊은 듯했다.

바람이 제법 부는 날이었다. 왕잠자리는 곡예 비행을 한 뒤 가볍게 회오리바람을 뚫고 나왔다. 그는 날개를 펴고 바람이 불어오는 쪽으로 얼굴을 돌렸다. 아까부터 누가 저를 지켜보는 느낌을 받은 까닭이었다. 낯선 잠자리가 정지 상태로 날며 그를 보고 있었다. 붉은 수정체가 빛나는 그 잠자리가 말했다.

"대체 어떻게 하면 그처럼 멋지게 날 수 있나요? 그렇게 날 때의 기분은 어떻죠?"

아직 어려 보이는 '날개잠자리'였다. 싹싹한 말투로 날개잠자리가 다시 물었다.

"어떻게 하면 그렇게 날 수 있는지 제게 가르쳐 주실 수 있어요?"

"물론이지, 네가 배우고 싶다면……."

"저도 배우고 싶어요. 그럼, 언제부터 시작할 수 있을까요?"

"너만 좋다면 당장이라도 좋아."

두 잠자리는 곧 훈련에 들어갔다.

"모기도 그 정도 비행은 하겠다. 어깨의 힘을 빼고 바람에 몸을 실어!"

날개도 움직이지 않고 미끄러지듯 날며 왕잠자리가 소리쳤다. 날개잠자리는 그가 시키는 대로 바람을 타려고 애썼다. 앞으로 나아가던 날개잠자리의 몸이 아래위로 좀 흔들렸다.

"아직도 어깨에 힘이 들어가 있잖아!"

날개잠자리는 다시 몸을 추스른 뒤 어깨에서 천천히 힘을 뺐다. 그러자 날개의 떨림 현상이 줄어들면서 한결 부드럽게 바람을 탈 수 있었다.

얼마 뒤 두 잠자리는 나란히 하늘을 날았다. 날개의 움직임 없이 미끄러지듯…….

"좋아, 그렇게 하는 거야."

왕잠자리가 날개잠자리를 칭찬했다.

날개잠자리는 날마다 해뜨기 전에 나와서 비행술을 배우고 해가 진 뒤에야 돌아갈 만큼 열심이었다. 왕잠자리는 어린 제자가 마음에 들었다. 그의 제자인 날개잠자리는 성실하고 총명했을 뿐 아니라 새로운 비행술을 배우려는 열정에 사로잡혀 있었다. 왕잠자리는 날개잠자리가

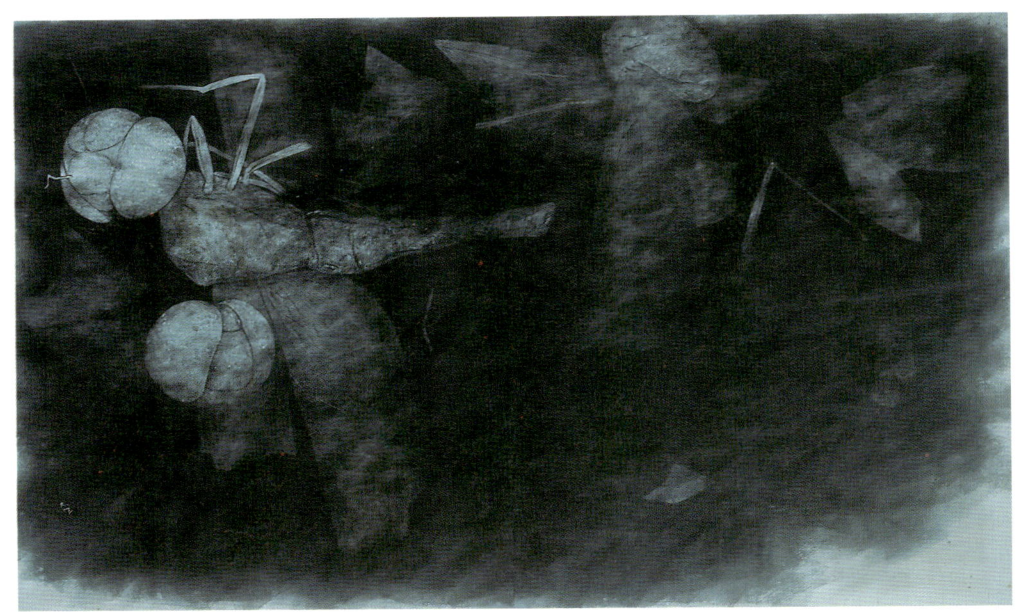

날개 접는 기술을 저보다 빨리 익히는 것을 보고 속으로 놀랐다.

그렇게 보름이 지났다. 왕잠자리는 훌륭한 제자인 날개잠자리에게 공중 곡예 비행술을 전수하기로 마음먹었다.

"공중 회전을 할 때는 날개가 없다고 생각해야 해. 소용돌이치는 바람 속에서 핑글핑글 돌다 보면 어찔어찔하고 몸에 마비도 올 거야. 각오하고 있겠지만, 곡예 비행에는 적지 않은 위험이 따른다. 이제 너한테 필요한 건 할 수 있다는 신념이야. 네가 뭘 하고 있는지를 스스로 알 때, 그건 언제든지 네 것이 된다. 자, 이제 마음과 날개를 다스리는 일에 온 힘을 기울이는 거야. 한 마리 잠자리의 한계에 도전하는 거야."

드디어 두 잠자리가 높이 날아올라 함께 몸을 뒤집었다. 두 잠자리는 날개를 접은 채 곧장 회오리바람 속으로 들어갔다.

꿀벌들의 파란 전쟁

「파란 전쟁」 163×136.5cm 한지에 채색 2001

꿀벌들의 파란 전쟁

남서쪽에는 밤나무가 숲을 이루고 있었고, 그 곁으로 골짜기 물이 흘렀다. 33호는 아까부터 골짜기를 따라 순찰을 하고 있었다. 골짜기 언저리에 노랑붓꽃 한 송이가 피어 있는 게 보였다. 그 붓꽃은 노란 빛깔을 띠고 있음에도 환한 느낌보다는 왠지 을씨년스러운 느낌을 줬다. 33호는 능란한 솜씨로 꽃잎을 열고 들어갔다. 예감한 대로 꿀은 한 방울도 없었고, 꽃가루 또한 한 톨도 남아 있지 않았다. 벌써 누가 먼저 다녀간 흔적이 있었다. 아무래도 서양꿀벌의 짓일 터였다. 33호는 계속 골짜기를 따라 날았다. 아카시아나무가 경계 표시처럼 골짜기 중간 지점에 가로놓여 있는 게 보였다.

"오늘의 날씨는 아주 맑았다. 6월의 산들바람이 솔잎을 스쳐 지나고 송화 가루를 날려 주변은 금빛으로 덮였다."

33호는 이렇게 순찰일지를 써야겠다고 생각하며 골짜기를 가로질러 서양 꿀벌의 영토로 들어갔다. 100미터 앞쯤에 얼기설기 만들어 놓은 최전방 초소가 보였다. 칡덤불에 가려 있는 토종 꿀벌 측의 수색대 초소는 쌍살벌의 집으로 위장돼 있었다. 33호는 일단 풀숲에 숨어 더듬이를 1초에 세 번 떨며 신호를 보냈다. 초소에서는 아무 응답이 없었다. 곧 33호는 근무 수칙에 따라 꽁무니를 들고 페로몬으로 신호를 날렸다. 그래도 아무런 응답이 없었다. 무슨 일이 생긴 게 틀림없었다. 33호는 재빨리 풀숲을 지나 초소 쪽으로 날아갔다. 최전방 수색대 초소는 텅 비어 있었다. 살펴보니 수색대 소속 꿀벌 다섯 마리가 땅바닥에 죽어 널브러져 있었다. 개미들이 아직 주검을 떠메고 가지 않은 것으로 봐서 바로 몇 시간 전에 당한 듯했다.

'나쁜 놈들 같으니라고!'

33호는 나뭇잎 뒤에 숨어서 적의 최전방 진지를 노려봤다. 조금 전에 본 수색대 초소의 상황을 순찰 일지에 어떻게 써야 할지 생각하고 있을 때였다. 느닷없이 서양 꿀벌 측 진영에 장수말벌들이 나타났다. 언뜻 보기에 다섯 마리인 듯했다. 장수말벌들은 곧바로 서양 꿀벌들의 집을 습격했다. 서양 꿀벌들도 저희 영토에 들어온 침략자들을 발견하고 비상을 걸었을 터였다. 이 집 저 집에서 기어 나온 서양 꿀벌들이 떼거리로 장수말벌들에게 덤벼들었다. 엄청난 수였다. 장수말벌들은 잠깐 사이에 나가떨어져 몸을 떨었다. 이미 죽은목숨들이나 마찬가지였다. 그 주변에는 서양 꿀벌도 몇백 마리 죽어 있었다. 그러나 전투는 그걸로 끝나지 않았다. 장수말벌 측의 주력 부대가 도착한 것이다. 장수말벌들은 우람한 덩치에 걸맞게 싸움도 아주 잘했다. 서양 꿀벌들이 다시 떼거리로 덤볐지만 장수말벌 측 주력 부대를 당하진 못했다. 장수말벌 무리는 서양 꿀벌을 숱하게 물어 죽이고는 집 속으로 들어가 애벌레와 번데기를 잡아서 하늘 높이 날아올랐다.

한바탕 회오리바람이 쓸고 지나간 느낌이었다. 33호는 살금살금 적

「꽃바람」 100×99.5cm 한지에 채색 1995

의 진지로 다가갔다. 서양 꿀벌 측 척후병들이 죽어 있는 게 보였다. 주검들은 머리와 배 그리고 날개는 남아 있었지만 몸통 부분은 없어진 채로 널브러져 있었다.

'서양 꿀벌 무리와의 전쟁에 장수말벌들을 이용할 수 있다면 얼마나 좋을까? 말벌 종족을 설득할 만한 구실만 찾는다면 아주 불가능한 일도 아닐 텐데……'

33호는 오늘 목격한 바를 여왕벌에게 보고하기 위해서 몸을 돌렸다. 장수말벌 무리에 대한 제 생각도 말해야 할 터였다. 빨리 가려면 1초에 30번쯤 날개를 떨어야 했다. 33호는 2킬로미터쯤 떨어진 서쪽의 고지대를 향해 쏜살같이 날았다. 제멋대로 자란 칡넝쿨 위를 지나서 소나무와 신갈나무 숲을 뚫고 나오니 10번 요새가 있는 벼랑이 보였다. 그 요새는 벼랑 틈에 있어서 눈에 잘 띄지 않았다. 토종꿀벌 무리의 정예 부대인 석청 부대가 자리잡고 있는 곳이었다. 33호가 보기에도 10번 요새는 그야말로 난공 불락의 요새였다.

두 달 전, 아카시아꽃이 흐드러지게 핀 4부 능선으로 진군한 서양 꿀벌 무리의 주력 부대를 맨 처음 공격한 게 바로 이 석청 부대였다. 33호는 초소 앞에서 엉덩이춤을 암호로 추었다. 보초 병 벌이 나왔다.

"정찰병인가?"

"그래, 수고 많다."

33호는 석청 부대 안으로 들어갔다. 어린 일벌들이 비행 연습을 하느라고 붕붕거리는 소리가 들렸다. 그 벌들은 알에서 깬 지 얼마 되지도 않은 듯한데 벌써 전사가 되기 위한 훈련을 받고 있었다. 교관인 22호가 아우성을 치며 돌아다니는 게 보였다.

"날개는 날기 위해 달린 거야! 독침은 쏘라고 달린 거야!"

22호는 날개 하나가 없었고 뒷다리를 절고 있었다. 역전의 용사로 이름을 날리던 22호가 어린 벌들을 훈련시키는 교관을 맡게 된 것은 전쟁 때 당한 부상으로 몸이 성치 않기 때문이었다.

훈련을 받고 있는 일벌들은 한결같이 앳돼 보였다. 33호는 어린 벌들이 안쓰러웠다. 옛날 같으면 집안 청소, 애벌레 돌보기, 집짓기, 집에 뚜껑 달기, 문지기 따위나 했으면 딱 맞을 또래였다. 그러나 선참 일벌들이 봄 전쟁에서 몰살한 뒤, 독침을 갖고 있는 벌들은 알에서 깨자마자 전사의 길을 가야 했다.

이제 어린 전사들은 편대 비행을 하며 독침을 사용하는 방법을 배우고 있었다. 일벌마다 내민 독침이 햇빛을 받아 날카롭게 빛났다.

독침……. 독침은 산란관이 변한 것이어서 벌 사회에서는 암컷인 일벌만이 갖게 된다. 수벌은 독침이 없어서 전쟁터에 나가 봐야 아무 힘도 못쓴다.

어린 전사들은 저마다 전투기 조종사가 된 기분으로 밖으로 통하는 활주로를 타고 쏜살같이 빠져나갔다. 저런 신참들을 이끌고 계속되는 전쟁을 치러야 하는 여왕벌도 여간 곤혹스럽지 않을 터였다.

33호는 여왕벌을 만나러 봉방 안으로 들어갔다. 문득 지난달 내내 이어진 '아카시아 꿀 전쟁'이 생각났다. 토종 꿀벌 무리는 늦봄에 치른 전쟁을 그렇게 불렀다.

두 달쯤 전의 일이었다. 해질녘에 트럭 한 대가 산모롱이를 돌았다. 트럭은 자욱한 흙먼지를 일으키며 가파른 산판 길을 힘겹게 올라왔다. 산판 길이 끊긴 벼랑 밑에 이르자, 흰 모자를 쓴 사람 둘이 차에서 내렸

「숲」 136×164cm 한지에 채색 2002

다. 두 사람은 짐칸에서 네모난 상자 서른 개쯤을 내려 한 줄로 죽 늘어 놓더니 다시 차를 타고 돌아갔다. 얼마 뒤 상자들 주위에 만 마리도 넘는 서양 꿀벌이 득시글거리는 게 보였다. 곧 한 무리의 서양 꿀벌 수색대가 하늘로 날아올랐다. 그 수색대 벌들은 편대를 갈라 숲 속으로 날아갔다.

22호와 33호는 산비탈에서 꿀과 꽃가루를 따고 있다가 그 광경을 봤다. 아래쪽을 내려다보던 두 벌은 긴장했다. 뭔가 좋지 않은 일이 벌어질 것 같은 낌새였기 때문이다. 아무래도 토종 꿀벌들의 삶을 위협하는 일이 생길 듯했다. 22호는 사람이 늘어놓고 간 상자들 속에서 나온 그 벌들이 떠도는 말로만 듣던 서양 꿀벌들임을 직감으로 알아챘다. 알에서 깬 지 2년이 넘은 22호는 산전 수전을 다 겪은 전사였다. 말벌과의 전쟁과 땅벌과의 숱한 전투에서도 살아남은 백전 노장 꿀벌이 22호였다. 33호는 그에 비하면 애송이였다. 알에서 깬 지 15일째인 33호는 긴장 때문에 심장 발작이 일어나기 직전이었다. 33호도 그 벌들이 저희의 적임을 본능적으로 느낀 것이다. 33호가 22호의 어깨를 건드리며 말했다.

"공격합시다!"

"침착해야 돼! 지금은 때가 아냐!"

22호는 33호의 흥분을 가라앉히려고 했다.

"전투를 벌이려면 적의 동태부터 파악해야 하는 거야."

"……."

신참인 33호로서는 22호의 말을 들을 수밖에 없었다.

바로 그때, 서양 꿀벌 수색대 한 무리가 그들 쪽으로 날아오고 있는 게 보였다. 33호는 긴장한 채 22호를 바라봤다. 22호는 33호에게 말없

이 고개를 끄덕였다. 공격 신호였다. 22호와 33호는 독침을 내밀고 날아올랐다.

33호는 파리한 얼굴로 22호를 돌아봤다. 22호의 눈에서 이상한 불꽃이 튀는 듯했다. 세모꼴 얼굴에 난 22호의 턱수염이 바람에 날리고 있었다. 22호가 입을 열었다.

"이제 전쟁이야!"

전쟁이라는 말에 33호는 저도 모르게 중얼거렸다.

"죽기 아니면 까무러치기다."

꿀벌 전쟁은 그렇게 시작됐다. 느닷없이 나타난 서양 꿀벌들이 토종 꿀벌들의 영토를 침범하면서 전쟁이 터진 것이다. 22호가 떨리는 칼날처럼 대기를 뚫고 나아갔다. 33호는 22호를 바짝 뒤쫓았다. 서산 마루에 붉은 노을이 걸려 있었다.

"후!"

토종 꿀벌 한 마리가 외따로 서 있는 나무딸기 가지에 앉아 한숨을 쉬었다. 나무딸기는 벼랑 바위틈에 가까스로 뿌리를 내리고 있었다. 어린 꿀벌이 잠깐 가지 밖으로 얼굴을 내밀었다. 33호였다. 그런데 33호의 얼굴에 갑자기 그림자가 졌다. 33호는 눈을 부릅떴다. 소리는 잘 들리지 않지만 가까운 곳에 누가 있는 게 틀림없었다.

'서양 꿀벌이 왔구나!'

가슴이 두근거렸으나 33호는 고개를 돌렸다. 가만히 위쪽을 쳐다보자 검정 무늬가 박힌 다리 몇 개가 보였다.

'서양 꿀벌이 아닌 거 같은데?'

33호는 검정 무늬 다리를 따라 눈길을 더듬었다. 그 다리의 임자는 호박벌이었다. 호박벌은 머리가 까맣고 눈도 검정빛이었다. 뒷다리에 꽃가루 덩이를 붙이고 있는 게 보였다.

"여기서 뭐하니? 자는 거야?"

호박벌이 어린 꿀벌인 33호를 보고 물었다. 33호는 그 호박벌의 두 다리 사이로 비치는 햇빛 때문에 눈이 부셨다. 33호가 눈을 깜박이며 말했다.

"아뇨, 안 자요. 나는 여기를 지켜야 해요."

"그래? 아, 그래서 독침을 내놓고 있구나."

호박벌이 고개를 끄덕였다.

"네."

33호는 새삼스럽게 독침에 힘을 줬다.

"여기서 뭘 지키고 있는데?"

"그건 말할 수 없어요."

33호는 독침을 흔들어 보였다.

"집을 지키고 있는 건가, 그렇지?"

호박벌도 날카로운 독침을 치켜들어 쓱쓱 딸기나무 가지에 문질렀다.

"아뇨, 집을 지키는 게 아녜요."

"그럼 도대체 뭘 지킨다는 거니?"

"말할 수 없다니까요. 아무튼 집은 아녜요."

"그래, 말하기 싫단 말이지. 그럼 내가 뭘 봤는지 나도 말하지 않을 테다."

호박벌은 다리로 가지를 걷어차더니 독침을 쏙 집어넣었다.

"피, 난 알 거 같아요, 당신이 뭘 봤는지."

「호박꽃」 31x47cm
한지에 드로잉 2002

33호도 독침을 집어넣으며 말했다.

"내가 뭘 봤는지 안다고? 어디, 말해 봐."

"호박꽃을 본 거 맞죠."

"야, 대단하구나! 맞아, 호박꽃이야."

호박벌이 놀란 듯 말했다.

"너 이제 보니 정말 똑똑한 벌이구나."

33호는 호박벌이 칭찬을 하자 좀 부끄러웠다. 뒷다리에 붙어 있는 꽃가루를 보고 알아맞힌 것일 뿐인데…….

"나하고 같이 가 볼래? 꿀이 아주 많아."

"난 갈 수 없어요. 여길 지켜야 하는 걸요."

"언제까지 지켜야 하는데?"

"……."

33호가 대답을 하지 않자 호박벌이 다시 물었다.

"밤에도 지켜야 해?"

"밤에도 지켜야죠. 솔직히 말해서 언제까지 지켜야 할지 모르겠어요."

"그렇지만 너도 먹어야 할 게 아냐?"

"어쩔 수 없죠, 뭐. 아무튼 난 여기를 지켜야 해요."

"그러다가 굶어 죽으면 어쩌려고? 꽃가루 좀 줄까?"

"난 꽃가루는 안 먹어요."

"그럼 호박꽃 꿀을 좀 줄까?"

"호박꽃 꿀은 좋아하지 않아요."

"그거 참!"

호박벌이 혀를 차더니 다시 말했다.

"할 수 없지. 배가 많이 고파 보이는데도 여기 꼭 있어야 한다니……. 어린 벌이 안 됐군."

호박벌은 날개를 부르르 떨었다. 33호는 호박벌이 날아오를 채비를 갖추자 재빨리 말했다.

"내가 여기 있는 건 서양 꿀벌들 때문이에요."

"서양 꿀벌들 때문이라니?"

"네, 그놈들이 쳐들어 왔거든요."

"누가 그런 말을 하데?"

"22호가요."

"아, 그럼 넌 지금 서양 꿀벌들을 피해 숨어 있는 거니?"

"어제 저녁부터 이러고 있는 걸요."

"꼬박 하룻동안이나? 딱하구나."

"서양 꿀벌들을 피해 숨어 있는 건 아녜요!"

호박벌은 33호가 갑자기 목소리를 높이는 바람에 좀 놀란 표정이었다.

"아니면 무엇 때문에 여기 있는 건데?"

33호가 이번에는 목소리를 낮추어 소근소근 말했다.

"토종 꿀벌 22호가 바로 이 밑에 누워 있거든요. 여기요. 다쳤어요."

33호는 제 배 밑을 가리켰다.

"저런, 많이 다쳤나 보구나. 서양 꿀벌들한테 당한 거니?"

"여러 마리가 한꺼번에 달려드는 통에 밀릴 수밖에 없었어요. 아마 그놈들은 이 근처 어디에 숨어 있을 거예요."

"글쎄, 오늘은 그 벌들이 눈에 띄지 않던데……."

"숨어 있다가 밤에 올지도 모르죠."

"서양 꿀벌들은 밤이 되면 자. 22호가 선참인가 본데 그런 말도 안

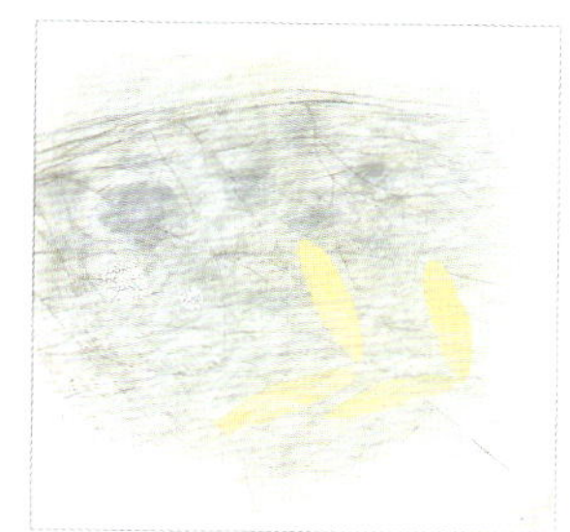

「생동」 57×58cm
한지에 채색 1996

「율동」 163.5×136cm 한지에 채색 2002

해 줬어?"

"아뇨."

33호는 풀이 죽어 대답했다.

"밤에는 서양 꿀벌들도 자는 법이다. 그러니까 밤이 되면 너도 안심하고 집으로 가도 돼."

"정말 그놈들이 밤에는 잔다면……."

호박벌은 날개를 떨더니 날아올랐다.

"그놈들은 해만 떨어지면 잔다니까."

공중에 뜬 채로 호박벌이 이어 말했다.

"22호가 그런 것도 모른다면 선참 전사라고 할 수 없어."

"22호는 역전의 용사니까 그런 걸 모를 리 없어요. 심하게 다쳐서 의식을 잃는 바람에 나한테 일러주지 못했을 뿐이지……."

"아무튼 이제 난 집에 가 봐야겠다. 새끼들한테 먹이를 줘야 하거든. 그런 다음 너희 본부에 연락해 주마. 네 생각은 어떠니?"

그러자 22호가 몸을 일으키며 물었다.

"정말 연락해 줄래요, 여기 부상자가 있다고?"

"그래 볼게. 그 동안 너는 여기서 기다려야 해. 아직 해가 남아서 서양 꿀벌들이 나타날지도 모르니까."

호박벌은 좀 흥분해서 날개가 이리저리 흔들리고 있었다. 22호는 날아가는 호박벌에게 소리쳤다.

"어두워질 때까지는 여기 있을 거예요. 틀림없이 자리를 지키고 있겠어요!"

그러나 호박벌은 이미 저만큼 날아간 뒤라서 그 말을 듣지 못했다. 호박벌은 해 있는 쪽으로 날아갔다. 저녁이 돼 가는지 해는 불그레한

빛깔을 띠고 있었다. 33호는 멀어져 가는 호박벌의 날개 너머로 여린 햇살이 부서지는 것을 보았다.

토종꿀벌 무리와 서양꿀벌 무리가 하늘 한켠을 메우고 있었다. 전투는 아카시아나무 숲 언저리에서 펼쳐졌다. 쌍방의 전투는 숱한 사상자를 내며 치열하게 이어졌다. 보이지 않는 날개들이 공중에서 빙빙 돌면서 쇳소리로 삐걱거렸다. 입과 입이 부딪치는 소리, 그리고 독침과 독침이 부딪치는 소리도 들렸다. 이윽고 서양 꿀벌들의 공세에 밀려 토종 꿀벌들의 날개 소리가 멀어져 갔다. 서양 꿀벌들의 세찬 날갯짓이 시끄럽게 하늘을 두들겼다. 꽁무니에서는 뾰족한 독침이 쉴새없이 들락날락했다. 땅에는 꿀벌들의 주검이 곳곳에 흩어져 있었다. 서양 꿀벌보다는 토종 꿀벌의 주검이 많아 보였다. 서양 꿀벌 무리는 전투에서 이긴 뒤라서 더욱 기세가 등등했다. 들이쉬고 내쉬는 서양 꿀벌들의 거친 숨결이 눈에 보이는 듯했다.

산기슭에서 밀려난 토종 꿀벌들은 산허리 쪽으로 쫓겨 갔다. 토종 꿀벌들은 초라한 꼴로 힘없이 날개를 떨고 있었다. 숲을 훑고 지나가는 바람 소리가 삭막하게 들렸다. 그 바람 소리는 마치 삶의 터전을 빼앗기고 쫓겨 온 토종 꿀벌들의 울부짖음 같았다.

22호의 턱수염이 이따금 바람에 날렸다. 건너편 풀가지에 33호가 앉아 있는 게 보였다. 무슨 생각을 하는지 33호의 표정이 자못 심각했다. 어린 일벌 한 마리가 몸을 스치며 지나가도 33호는 조금도 자세가 흐트러지지 않았다. 몇 달 전만 해도 애송이였는데, 어느덧 33호한테서는 관록 있는 전사의 풍모가 엿보였다. 22호는 33호가 믿음직스러웠

「밤꽃」 61x84cm 한지에 채색 2002

다. 33호는 전투력이 수
준급일 뿐 아니라 보기 드물
게 영리한 벌이었다. 꿀벌 전쟁에 장수
말벌 무리를 이용할 수 있는 방안을 연구해 보자는
33호의 제안은 너무 기발해서 여왕벌을 자리에서 벌떡 일어
나게 만들었다.

젊은 꿀벌인 33호가 늙은 꿀벌인 22호에게 큰 소리로
물었다.

"어째서 꿀벌 전쟁이 자꾸 터질까요?"

"꽃피는 철이면 꿀벌들은 으레 전쟁을 치러야 해. 다만 요즘의 꿀벌
전쟁은 사람들의 욕심에서 비롯될 때가 많아. 사람들이 꿀을 먹으려고
서양 꿀벌을 치면서 전쟁이 훨씬 잦아졌어."

22호는 밤나무들이 늘어선 쪽를 바라보며 중얼거리듯 덧붙였다.

"이제 곧 '밤꽃꿀 전쟁' 철이야. 토박이 벌들이 한데 뭉치기만 한다
면 이 땅에서 서양 꿀벌들을 몰아낼 수 있을 텐데……."

넓적사슴벌레,
죽은 척하다

「죽은 척 하다」 130×190cm 한지에 채색 2002

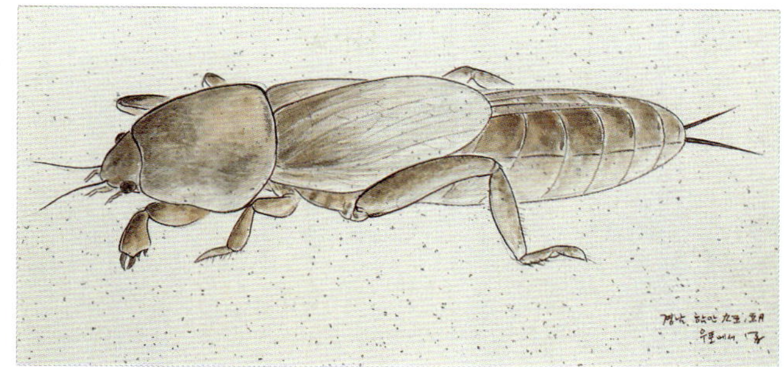

「땅강아지」 20x40cm 드로잉 1995

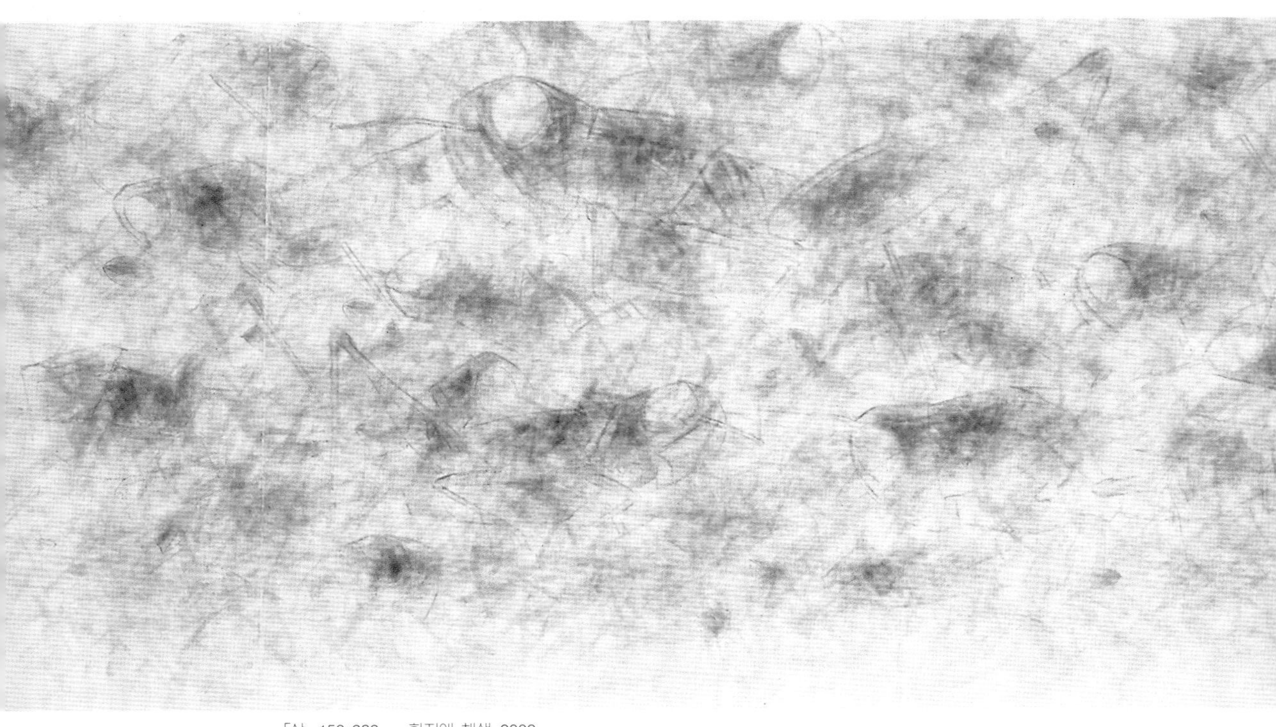

「삶」 150×380cm 한지에 채색 2002

「부전나비」 46x40cm 1995

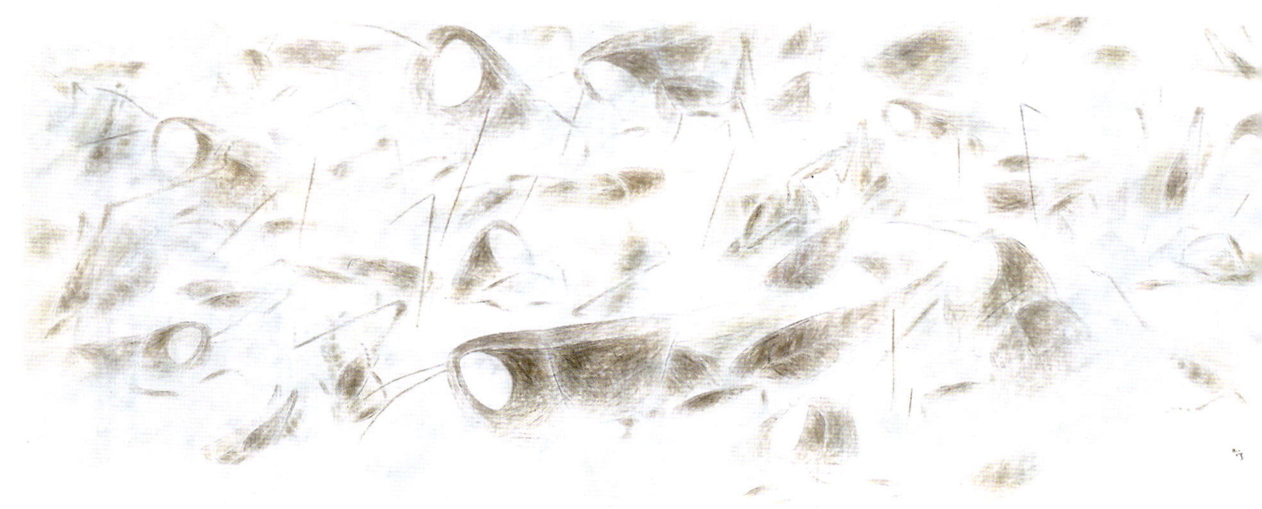

「설혼雪魂」 166x393cm 한지에 채색 1998

물장군은 없다

「물장군」 58×57cm 한지에 채색 2002

물장군은 없다

아, 그 물장군 말이지! 아마 그 못에서 1년쯤 살았을 거야. 물장군을 잘 모르는 곤충들은 그가 벌써 옛날에 죽은 걸로 여기고 있더군. 신문에 난 것만 보고서 말야. 그러나 물장군을 아는 곤충들 사이에선 다른 말이 나돌았어. 물장군을 아는 곤충들이 어디 있었냐고? 바로 그 못물 속에 있었지. 물에서 사는 곤충들은 그 물장군이 어떤 곤충인지 알았어. 따라서 나중 이야기는 잘 몰라도 물장군이 그때 죽지 않았으리라는 짐작은 했을 거야.

아, 그 물장군한테서 뒤통수 얻어맞은 곤충들 말하는 거야? 나도 그 이야기는 들었어. 오래 비가 오지 않아 못의 물이 마르고 바닥이 거북 등처럼 갈라졌을 때 물장군이 수서 곤충들을 개 몰듯 해서 땅으로 올라온 적이 있었지. 수서 곤충들이 어떤 곤충들이냐고? 말 그대로 물에서 사는 곤충들이지 뭐. 그날 땅으로 올라온 놈들은 물자라, 게아재비, 장구애비, 물매미, 물땡땡이, 물방개, 송장헤엄치개 같은 수중 육식 곤충 무리였대. 물장군은 좋은 물이 넘치는 곳으로 보내 준다는 구실로 그들을 몰고 나왔어. 그런데 말야, 그날 일은 어떻게 보면 물장군이 그들을 땅에 내다버린 거나 다름없게 됐어. 하기야 그럴 수밖에 없던 게, 새들이 망원경으로 저희 쪽을 지켜보는 통에 도저히 곤충들을 무사히 물 밖으로 내보낼 재간이 없었거든. 곤충들은 땅에 나왔다가 잡히기만 하면 새들의 모이 주머니로 직행했지. 그러니 어쩌겠어. 물장군은 숱한 곤충을 땅귀신으로 만들고는 자취를 감췄지. 그때 신문에서 뭐랬는지 알아? 물장군이 물까마귀한테 잡아먹혔다고 떠들어댔지. 어디서 났는지 사진까지 버젓이 실려 있더군. 그러니 땅에서 사는 곤충들은 그때 물장군이 죽었다고 여길 수밖에. 참, 어이가 없어서. 정말 신문이 곤충들을 웃긴 셈이었지.

그럼 물장군이 그 뒤에 어떻게 됐는지 들어볼래? 물장군은 밤에 어둠을 틈타 못에서 살던 육식 곤충들을 이끌고 동쪽으로 마냥 걸어갔어. 새들의 부리에 걸리지 않은 곤충들을 데리고 말야. 얼마 뒤 물장군 일행은 둔치라는 곳에 도착했지. 그런데 그 둔치라는 데가 별난 곳이었다는군. 거기엔 물고기도 없었고, 새도 없었다나 봐. 혹시 해서 귀를 씻고 들어 봐도 거위 새끼 소리 하나 들리지 않더래. 그저 고만고만한 풀로만 꽉 차 있는 곳이었는데, 풀의 키가 그저 물장군의 키보다 조금 큰 정도였어. 그리고 아침에 살펴봐도 거기엔 물이 고여 있는 곳이 없었다는군. 둔치에서 물을 찾는 건 사막에서 샘을 찾는 격이었대.

어디를 봐도 풀이 가로막고 있으니 둔치에서 돌아다니려면 본능에 기대든지 달을 쳐다보든지 할 수밖에 없었어. 그래야 어렴풋하게라도 방향을 잡을 수 있지 않았겠냐 말야. 이도 저도 안 될 것 같으면 나방 애벌레처럼 꽁무니에 줄을 차고 헤메다가, 돌아올 때는 그 줄에 의지하든지.

아무튼 물장군에게 떼밀려 못에서 나온 곤충들은 둔치에서 자그마치

「삶」 89×57cm 한지에 채색 2002

1년을 지냈어. 그러니 사는 게 사는 거 같지 않았겠지. 한 마디로 움직이는 송장으로 지냈다고나 할까? 오히려 살아 있는 듯이 보이는 건 그 둔치와 밤하늘에 뜨는 달이었어. 그렇지만 생각해 봐. 달이나 둔치가 말을 할 리도 없고, 참 딱한 노릇이었지.

물장군의 집은 흙빛 바탕에 노란 테두리를 친 집이었어. 그 주위에는 측근들의 집이 하나둘 들어섰다는군. 물장군의 측근들이 누구였냐고? 물방개, 물자라, 게아재비 따위였어. 마을과 마을 사이에는 웅덩이들이 보였는데, 그것들은 육식성 곤충들과 초식성 곤충들의 경계 구실도 했다고 하더군. 웅덩이는 세 개가 나란히 줄지어 있었는데, 거의 물 반 흙 반으로 채워져 있었대. 말하자면 웅덩이 속의 물은 조금만 휘저어도 흙 탕물로 변할 수밖에 없었지. 그렇지만 물장군이 그런 데까지 신경을 쓸 겨를이 있기나 했겠어? 할 일이 태산 같았으니 말야. 그나마 물이 자꾸 땅 속으로 스며들고 있었거든.

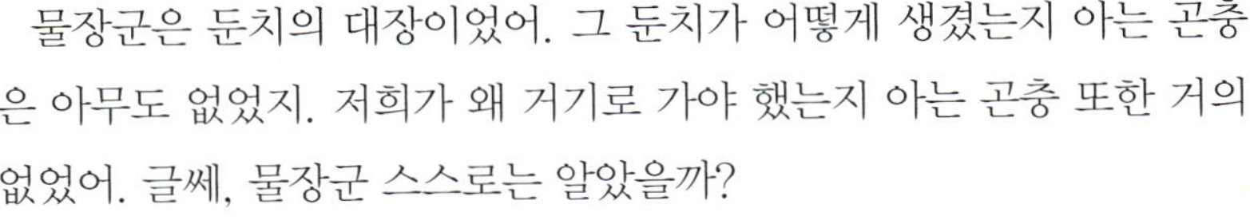

물장군은 둔치의 대장이었어. 그 둔치가 어떻게 생겼는지 아는 곤충은 아무도 없었지. 저희가 왜 거기로 가야 했는지 아는 곤충 또한 거의 없었어. 글쎄, 물장군 스스로는 알았을까?

그런데 우리끼리 하는 이야기지만, 물장군은 수중 생활을 하는 노린재야. 우리 나라의 수서 곤충 가운데 덩치가 가장 크고 힘도 장사지. 물장군이 앞다리를 치켜들면 다른 수서 곤충들은 숨을 죽일 수밖에 없어. 부대장인 물방개 이야기도 할까? 물방개는 물에서는 날개 틈에 공기를 채워서 숨쉬는데, 마치 산소통을 짊어진 잠수부처럼 뒷다리를 노 삼아 헤엄쳐 다니지. 땅에 나오면 앞날개 밑에 접어 둔 뒷날개로 하늘을 날

「정」 57x59cm 한지에 채색 2002

수도 있어. 하기야 이 자리에서 그게 무슨 상관일까만……

　물장군은 둔치에 나온 지 얼마 안 돼서 물장군을 부대장으로 임명했어. 힘있는 놈은 힘있는 놈을 알아보더라고. 그럼 힘없는 곤충들 이야기를 해 볼까? 먼저, 그 곤충들이 어떻게 거기까지 가게 됐는지 말해 주지. 둔치에 나온 지 얼마 안 돼서 물장군은 하늘로 날아올라 어디론가 갔어. 물론 측근들을 거느리고 말야. 한참 가다가 물장군은 작은 못을 발견했어. 그 작은 못에서 살던 곤충들은 위기에 놓여 있었지. 하루가 다르게 못물이 말라 가고 있었기 때문이야. 물장군은 그들에게 좋은 세상에 가서 살게 해 주겠다고 꼬드겼지. 그러나 작은 못에서 살던 곤충들은 물장군의 말을 믿지 못하는 눈치였어. 생각해 봐. 위협하듯 치켜든 물장군의 앞다리를 보고도 선뜻 따라나설 수서 곤충이 어디 흔하겠어? 회유 작전이 통하지 않으니까 물장군 일행은 그들을 모두 둔치에 있는 웅덩이로 압송했어. 왜 압송이라는 말을 쓰냐고? 그거야 물장군 일행이 그들을 포로처럼 취급했기 때문이지. 그런 납치 사건이 일어났음에도 어떻게 된 건지 신문에는 기사 한 줄 안 나더라고. 힘없는 수서 곤충들에게 세상은 아무 관심을 보이지 않았어. 따라서 그날의 납치 사건은 누구의 눈길도 끌지 못한 채 이내 묻히고 말았지. 납치된 수서 곤충들은 그날부터 둔치의 웅덩이에 억류되고 말았어.

　물장군 일행에게 잡혀 온 수서 곤충들은 둔치가 어떤 곳인지 전혀 몰랐어. 하기야 작은 못에서만 살던 그들로서는 세상에 그런 곳이 있는지조차 알 수가 없었을 테지. 물장군은 자기가 그들의 목숨을 구해 줬다고 강조했을 뿐 둔치에 대해선 아무것도 일러주지 않았어. 못물이 말라 버리면 오도 가도 못 하고 죽을 뻔한 곤충들을 거두어 줬다는 물장군의 말에도 일리가 없는 건 아니었어. 그러나 졸지에 낯선 곳으로 끌려와서

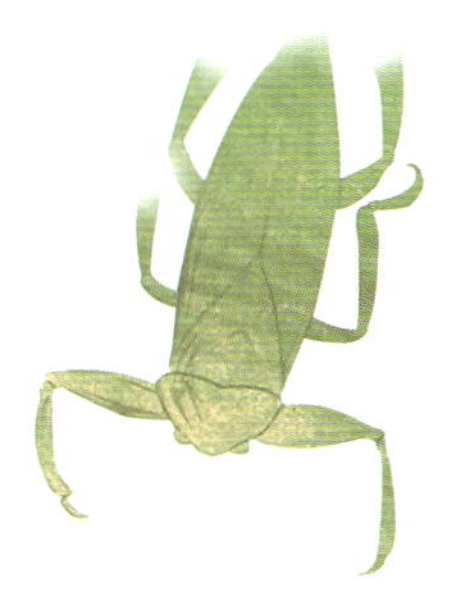

노예가 된 곤충들로서야 물장군에게 뭐 그리 고마운 마음이 들었겠어?

　아무튼 그런 식으로 해서 물장군의 영지에는 수서 곤충들이 차츰 늘어났어. 둔치에 하나의 나라, 물장군이 다스리는 나라가 들어선 거지. 이윽고 물장군은 스스로 왕을 칭하기에 이르렀어.

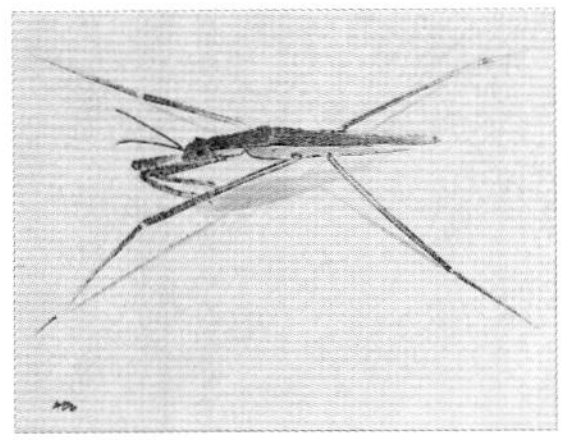
「소금쟁이」 한지에 드로잉

　아직 과도기라서 그런지 나라의 질서는 엉망이었어. 말이 좋아 나라지 거기는 둔치에 만들어 놓은 작은 웅덩이였다는 걸 기억하기 바라. 그런데 그 작은 웅덩이에 웬 곤충들이 그리 많이 사는지 종류만 해도 열 가지가 훨씬 넘었어. 각다귀, 물벌레, 물자라, 잠자리, 물매미, 물땡땡이, 물장군, 물방개, 소금쟁이, 강도래, 날도래, 물벼룩, 먹파리, 하루살이……. 그러다 보니까 힘없는 곤충들은 심지어 물이 모자라서 흙을 먹어야 하는 판국이었어. 좀 더 자세히 말해 줄까? 처음에 수서 곤충들이 얼마 안 됐을 때는 그런 대로 살 만했지. 그때는 거기서 나갈 생각을 하는 곤충들도 별로 없었다고 하더군. 거기보다 안전한 곳이 달리 없을 것 같았거든. 그런데 웅덩이에 곤충들이 늘어나게 되면서 상황은 달라졌어. 물장군의 지도력을 문제 삼는 말들이 슬슬 나돌기 시작한 거야. 이윽고 낌새를 알아챈 물장군은 측근들을 풀어 단속에 나섰지. 힘없는 곤충들은 불평 분자로 찍히면 흙만 먹어야 하는 벌을 받았대.

　이미 눈치를 챘겠지만, 웅덩이에 들어선 그 작은 나라는 엄격한 계급 사회였어. 곤충에 따라 서열이 정해져 있었지. 맨 밑에는 노예 계급인 하루살이, 강도래, 날도래, 각다귀 따위가 있었어. 그 바로 위에는 잠자리, 게아재비 따위가 있었지. 힘깨나 쓰는 물자라, 물방개 따위는 그 위였고 말야. 물론 맨 위에는 그 둔치의 왕인 물장군이 있었지. 물장군은 얼마 뒤 측근들을 비롯해 힘깨나 쓰는 곤충들을 모아 친위대를 꾸렸어.

물방개를 친위대장으로 삼아서 말야. 친위대에 소속된 곤충들은 물장
군을 호위하는 한편 힘없는 곤충들로 구성된 노예들을 감독하고 불평
분자들을 감시했지. 물장군의 명에 따라 노예들은 눈만 뜨면 웅덩이 만
들기에 동원됐어. 강제 노역에 내몰린 곤충들은 목숨을 잃는 경우도 종
종 있었대. 특히 마감 공사 때 여러 마리가 죽었다고 하더군. 진흙으로
바닥을 덮어 방수하는 게 아주 어려운 일이었거든. 이윽고 둔치의 웅덩
이는 세 곳으로 늘어났지. 한 군데는 물장군과 그의 가족이 사는 곳이
었고, 다른 한 군데는 물방개를 비롯한 친위대 곤충들이 차지했어. 그
리고 나머지 한 군데가 힘없는 곤충들이 사는 곳이었지.

힘없는 곤충들이 사는 웅덩이에도 물은 있었어. 다만 그 웅덩이의
물은 늘 썩어 있어서 냄새가 아주 지독했지. 오죽했으면 송장 냄새를
좋아하는 송장헤엄치개마저 그 웅덩이에는 가지 않으려고 했겠어? 그
웅덩이가 썩어 있는 건 물장군과 친위대 곤충들이 오염된 물을 그쪽으
로 흘러들게 만들라고 요구한 까닭이었지. 이와 달리 물장군의 웅덩이
는 깨끗한 물로 채워져 있었다고 해. 아까도 말했지만 거기는 물장군
과 그 가족만의 웅덩이였어. 물장군은 다른 곤충들을 시켜서 거기에다
궁전을 짓고 제 아내와 새끼들을 위해 전용 물놀이터까지 만들어 놨
대. 환경이 열악하다 보니 웅덩이를 만들려면 목숨까지 바쳐야 하는
힘없는 곤충들이 물장군의 그런 행태를 좋아했을 리 있겠어?

바닥 민심이 어떻게 돌아가든 어떤 곤충들은 줄기차게 물장군에게
잘 보이려고 애썼어. 물장군의 눈에 들려고 이른바 충성 경쟁을 한 거
야. 그런 곤충들은 걸핏하면 물장군에게 상납을 하고 뇌물을 바쳤어.
물장군은 가끔 그런 곤충들을 모아 놓고 제 궁전에서 잔치를 벌였는데,
그럴 때마다 상에는 산해 진미가 넘쳤다고 하더군. 물장군이 베푸는 잔

「生生」 113.5x174cm 한지에 채색 1995

치 자리에 빠지지 않는 순서가 한 가지 있었어. 몇몇 곤충이 불려 나와 물장군과 잔치 손님들이 보는 앞에서 싸움을 벌이는 거였지. 그럴 때면 이빨로 물어뜯고 다리로 차고 그야말로 피 튀기는 싸움이 벌어지곤 해서 구경하는 곤충들은 재미나서 죽을 지경이었다고 하더군. 물장군은 그 싸움에서 이기고 지는 것에 따라 곤충들의 보금자리를 바꿔 버리곤 했는데, 기분만 내키면 하루에 열 번도 넘게 그랬다나 봐. 게아재비가 바로 그런 변덕의 희생자였지.

힘없는 수서 곤충들은 지배 계급의 짓거리에 실망을 넘어 분노를 느낄 수밖에 없었어. 민심은 날로 사나워졌지. 물장군에게 반대하는 몇몇 곤충이 비밀 결사대를 조직한 게 바로 그 무렵이었다고 하더군. 얼마 뒤 비밀 결사대 곤충들이 드디어 첫 번째 일을 벌이게 됐지. 그들은 물줄기를 바꿔서 물장군이 있는 웅덩이에 썩은 물을 흘려 보냈어. 그런데 얼마 지나지 않아 물장군이 그걸 알게 됐다는군. 흔히 그렇듯이 결사대 내부에서 배신자가 생긴 거야. 알고 보니 물자라 녀석 하나가 배신을 하고는 좋은 자리를 차지한 거였지. 그러나 어찌된 일인지 결사대의 활동이 뜸한 사이에도 더러운 물은 곳곳에서 흘러들었어. 물장군은 크게 성을 내며 친위대 소속 곤충들을 닦달했지. 비상이 걸린 친위대는 눈에 불을 켜고 다니다가 용의자가 잡히기만 하면 그 자리에서 먹어 치우곤 했대. 아무튼 그런 일이 있고 나서 물장군은 물에 몸을 담그기 전에 꼭 수질 검사부터 했다나 봐. 그러나 아무리 친위대가 설치고 돌아다녀도 여기저기서 썩은 물은 끊임없이 흘러들었지.

　얼마 뒤 물장군은 둔치 어귀에 새로 웅덩이를 하나 만들도록 지시했어. 그러면서 물장군이 뭐라고 했는지 알아? 뭐, 자기가 폭도의 손에

쓰러지는 비운을 맞으면 거기에다 수장을 시켜 달라고 했다나? 그러나 자기는 목숨이 붙어 있는 한 나라를 지키기 위해 끝까지 싸우겠다고 했다니 정말 웃기는 노릇이었지.

새 웅덩이를 만드느라 힘없는 곤충들은 입에서 단내가 나도록 일했어. 신세 타령을 하다가 걸리면 노예 주제에 불평을 한다고 친위대 곤충들에게 얻어맞기 일쑤였지. 새로 만든 웅덩이는 꽤 규모가 컸어. 준공식에 나온 물장군도 흡족한 듯 웃음을 짓더군. 이튿날 물땡땡이라는 녀석이 어디선가 개구리밥을 한 짐 지고 와서 거기에 띄워 놓았어. 개구리밥은 이리저리 떠돌아다니며 정수기 구실을 톡톡히 하더라고. 둔치의 웅덩이에서 개구리밥은 아주 귀한 것일 수밖에 없었지. 개구리밥을 지고 온 그 물땡땡이는 너무 힘들었는지 시름시름 앓더니 사흘만에 죽고 말았대.

둔치 어귀에 새 웅덩이가 들어서고 나서 한 달 동안은 나라 안이 잠잠했어. 그러자 물장군은 치안이 회복된 줄 알고 숙청 작업에 나섰지. 수서 곤충들의 보금자리를 다시 뒤죽박죽 제 마음대로 바꿔 놓은 거야. 숙청이 끝날 무렵 물장군은 새로 만든 웅덩이에 있던 개구리밥을 모아 제 웅덩이로 가져갔어. 개구리밥을 빼앗긴 곤충들은 기가 막혔지만, 앞에서는 드러내 놓고 따질 수가 없었대. 아직 숙청 바람이 불고 있는데 자칫 찍히면 어디로 쫓겨날지 알 수 없었으니까 말야. 그런데 입이나 다물든지 물장군이 개구리밥을 가져가면서 다른 곤충들에게 뭐라고 했는지 알아? 물이 더 나빠질 경우에는 땅에서 살면 될 거라고 뇌까렸대. 그런 개떡같은 소리를 입에 침 하나 바르지 않고 하는 걸 보고 다른 수서 곤충들로서야 부아가 치밀었겠지. 아무리 힘없고 밟으면 밟히는 곤충들이었지만 물장군의 그 말을 듣고는 좀 꿈틀거렸나 봐. 그날의 볼거

리는 따로 있었다는군. 분위기가 뜻하지 않은 쪽으로 흐르자 물장군이
갑자기 앞다리를 쫙 벌린 채 악마 시늉을 하더라는 거야. 정말 무시무
시했다나 봐. 괴물도 그런 괴물은 보기 힘들었을 거라고 하더군.

　물장군의 횡포를 더 참지 못한 곤충 가운데 하나가 게아재비였어. 그
게아재비는 다리 두 개가 없었는데, 물장군의 궁전에서 잔칫날 구경거
리 싸움을 벌이다가 두 다리를 잃었다고 하더군. 다리 둘을 잃은 것도
억울하지만, 잔치 자리에서 높은 놈들의 구경거리가 되며 얼마나 모멸
감을 맛봤는지 물장군한테 맺힌 게 많았대. 물장군을 처치하기로 마음
먹은 게아재비는 먼저 웅덩이를 구석구석 뒤지고 다녔다나 봐. 게아재
비는 물장군이 숨겨 둔 정수기, 즉 개구리밥을 찾으려고 했다는군. 개
구리밥을 어디에 옮겨 놨는지는 물장군과 그의 측근 몇몇만이 알고 있
었지. 게아재비는 물장군과 그의 측근들이 개구리밥에 붙어 있을 때 폭
탄을 터뜨려 일당을 몰살시키려는 어마어마한 계획을 세웠다고 하더
군. 그러나 게아재비는 계획을 실행에 옮기지 못했어. 개구리밥 앞에
다 가서 그만 물장군한테 들켰다나 봐. 친위대를 피해 개구리밥 앞까지
갔는데, 그 밑에서 물장군이 불쑥 나왔다지 뭐야. 갑자기 물장군과 맞
닥뜨린 게아재비가 놀라서 허둥댄 게 문제였지. 물장군은 거동이 수상
하자 무조건 게아재비를 잡아 두들겨 팼어. 물장군의 매질에 게아재비
는 이내 숨이 끊어지고 말았지. 싸움 깨나 한다는 개아재비였지만 몸이
성치 않은 까닭인지 물장군한테는 상대가 안 됐다는군.

　그 둔치에 장구애비라는 괴짜가 나타난 건 며칠 뒤의 일이었어. 등에
진흙을 지고 다니는 그 수서 곤충이 어디서 왔는진 아무도 몰랐대. 장구
애비는 이상한 말을 하며 웅덩이 곳곳을 돌아다녔어. 힘없는 곤충들은

예언자를 자처하는 장구애비의 말에 귀가 솔깃했지만 곧 실망하고 말았지. 장구애비가 무슨 말을 했냐고? 물장군은 물 속 영혼들의 보호를 받기 때문에 둔치가 큰물에 잠길 때까지 그 나라를 지배할 거라고 했대. 더구나 둔치는 이제껏 볼 수 없던 엄청난 장마가 지기 전에는 사라지지 않을 거라고 했다니, 힘없는 곤충들이 실망한 건 당연한 일이었지.

물장군은 처음 한동안 장구애비를 수상쩍게 여기는 눈치였어. 저항 세력의 활동에 신경이 곤두서 있던 물장군으로서야 당연한 일이었지. 물장군은 어디서 굴러먹던 곤충인지도 모르는 장구애비에게 날도래 밀정까지 붙여서 동태 파악을 했어. 그런데 밀정의 보고에 따르면 장구애비는 물장군에게 도움이 되는 말만 하고 다녔거든. 물장군은 이내 경계심을 풀고 궁전으로 장구애비를 불렀어. 장구애비는 그 자리에서 관상까지 봐 가며 수서 곤충 역사상 가장 뛰어난 통치자라고 물장군을 치켜세웠대. 물장군은 장구애비가 무척 마음에 들었나 봐. 물장군의 신임을 받게 되면서 장구애비에게도 출세 길이 열렸지. 장구애비는 곧 권력층 속으로 파고들었어.

그때만 해도 장구애비가 거사를 하기 위해 둔치로 왔다는 걸 아는 곤충은 없었지. 힘없는 곤충들의 눈에는 장구애비 또한 물장군에게 아부해서 높은 자리에 오른 놈으로밖에 보이지 않았거든. 장구애비의 거사는 그만큼 아주 치밀하고 은밀하게 진행됐지. 뒷날 알고 보니 장구애비는 물장군이 떠나온 못에서 그 둔치까지 찾아왔다고 하더군. 물장군의 등쌀에 땅으로 나갔다가 일가 친척이 몰살한 내력을 숨긴 채 돌아다니던 곤충이라는 거야. 다른 수서 곤충들은 나중에야 그런 소문을 들었어.

장구애비는 물장군 다음 자리에 있던 물방개부터 없애기로 했다나 봐. 걸림돌부터 하나씩 치우기로 계획한 거였지. 장구애비는 독이 든 물

고기를 물방개에게 상납했어. 뇌물을 챙기는 버
릇이 있던 물방개는 의심 없이 그 물고기를 받았
지. 물고기가 싱싱해 보여서 군침까지 삼키면서
받았다는 말까지 있더군. 이튿날, 물방개는 낯빛
이 시퍼렇게 변해서 죽어 있었지.

  물방개의 장례식은 정말 볼 만했어. 물장군은
저한테 충성을 바치던 물방개가 죽자 퍽 슬퍼하
더라고. 장례식 날 물장군은 둔치의 수서 곤충들
에게 모두 상복을 입으라고 했어. 상복 차림으로
물방개의 주검 앞을 지나가면서 줄지어 절을 하
라고 하더군.

  물방개를 잃고 나서 물장군의 신임은 장구애비
에게 쏠렸어. 곁에서 물장군의 비위를 맞춰 줄 만
한 곤충이 장구애비밖에 남지 않았기 때문이지.
장구애비야말로 여간내기가 아니란 걸 물장군은

「장구애비」 88x57cm 한지에 채색 2002

몰랐어. 장구애비는 물방개의 장례식 때 거사를 치르기로 마음먹었지.
  물방개의 장례식은 밤에 있었어. 날이 어두워지자 장구애비는 수질
검사를 핑계로 혼자 식장에서 빠져 나와 곧장 개구리밥을 숨겨 놓은 곳
으로 달려갔지. 그러고는 개구리밥에 서둘러 폭발물을 설치했어. 얼마
뒤 장구애비는 장례식이 열리는 곳에 다시 얼굴을 내밀더군. 그 사이에
물장군이 저를 찾았을지도 모른다고 생각한 거였지. 장구애비는 정말
빈틈없는 곤충이었다니까. 그렇게 물장군을 안심시킨 장구애비는 틈을
엿보다가 다시 식장에서 빠져나갔어.

「꿈」 160x120cm 한지에 채색 1996

조문 행렬은 끝이 안 보일 만큼 길었어. 장송곡이 울려 퍼지는 가운데 수서 곤충들은 말없이 물방개의 무덤으로 걸음을 옮겼지.

이윽고 조문 행렬이 무덤 앞에 이르자 장구애비는 지렛대를 이용해 물장군의 궁전을 허물기 시작했어. 궁전이 무너지는 소리가 장례식에 참석하고 있던 곤충들의 귀에까지 들렸지. 물장군은 그제서야 사태가 어떻게 돌아가고 있는지 비로소 눈치를 챈 것 같더군. 무릎을 접고 앉아 있던 물장군이 벌떡 일어나서 제 웅덩이 쪽으로 뛰어갔어. 궁전은 이미 내려앉고 있었지. 물장군은 개구리밥이라도 건지려고 허겁지겁 달려들었어. 개아재비가 폭발물의 심지에 불을 댕겼지. 곧 둔치 가득 폭발음이 들리면서 물장군의 몸뚱이가 허공으로 흩어지더군. 얼굴 가득 웃음을 띤 채 밤하늘로 날아오르는 장구애비의 모습이 불빛 속에 언뜻언뜻 보였어. 얼마나 멋진 광경이던지!

노예로 살던 수서 곤충들은 그날 밤의 혼란을 틈타 이리저리 흩어졌어. 나 하루살이 또한 그때 애벌레의 몸으로 둔치에서 탈출해 이렇듯 지난 이야기를 하고 있는 거야.

칠성무당벌레의 사랑

「변화」 54x84cm 한지에 채색 2002

칠성무당벌레의 사랑

동틀 무렵부터 땅을 데우던 해가 대롱대롱 풀잎에 매달린 이슬방울들을 하나둘씩 말리고 있었다. 해는 차츰 하늘 높이 솟아올랐다. 풀잎마다 생기를 내뿜고 갖가지 꽃망울도 터져 산과 들을 환히 밝혀 주고 있었다.

산들바람이 부는지 풀이 물결처럼 출렁거렸다. 바람 속에서는 어느덧 가을 냄새가 나는 듯했다. 두 애벌레는 바람과 아침 햇살을 받으며 풀잎 위로 아장아장 걸어오고 있었다.

"배고프지?"

그는 그녀에게 물었다.

"조금."

두 애벌레는 햇볕 잘 드는 풀잎에서 좀 쉬어 가기로 했다. 9월의 신선한 바람이 가슴을 시원하게 식혀 주는 느낌이었다. 잠깐 쉬는 동안에도 둘은 눈을 반짝이며 여러 가지 풀가지 사이를 이리저리 훑어봤다.

"이쯤에서 헤어져 찾아보기로 하지."

"응, 그게 좋겠어."

얼마 뒤, 풀잎 스치는 소리와 함께 그녀가 다가왔다.

"저기 좀 봐. 이상하게 생긴 애벌레가 보이지? 뭘 하고 있는 걸까?"

그는 그녀가 가리키는 쪽으로 머리를 돌렸다. 애벌레 한 마리가 풀가지에 매달려 있는 게 보였다. 그 애벌레는 낑낑대며 허물을 벗고 있었다.

"어른이 되고 싶은 모양이지."

"어른이 되려면 저렇게 이상한 자세로 허물을 벗어야 한단 말야?"

"글쎄, 잘 모르겠는데……."

허물벗기를 하는 애벌레에게 눈길을 둔 채 그가 덧붙여 말했다.

"저 애벌레가 우리한테 해를 끼치지 않는 한 허물을 벗은 뒤 어떤 모습으로 바뀌어도 나는 훌륭하다고 생각하고 싶어."

"그래, 지금은 좀 이상해 보이지만……."

그는 조용히 불어오는 바람을 삼키듯 말했다.

"우리 또한 어쩌면 내일이라도 저렇게 풀가지에 매달려 낑낑대야 하는 상황을 맞을지 모르지. 자라다 보면 허물벗기를 피할 수 없는 게 우리의 운명이니까 말야. 후!"

그의 말끝에 한숨이 섞이자 그녀는 조금 굳은 표정을 지으며 물었다.

"너는 어른이 되고 싶지 않니?"

"모르겠어. 내가 과연 저런 고통을 이길 수 있을지……."

그녀는 풀가지에 매달려 허물벗기를 하는 애벌레에게 다시 눈길을 주며 말했다.

"저 애벌레는 허물벗기를 처음 시도하나 봐. 그래, 아무래도 첫 번째가 가장 힘들겠지."

그는 대꾸하지 않았다. 사실 그도 얼마 전에 또래의 애벌레들과 호기심에 끌려 허물벗기를 시도한 적이 있었다. 그러나 허물은 좀처럼 벗어

지지 않았고, 괜히 껍질만 트고 말았다. 그로서는 누구한테도 말하기
싫은 아픈 경험이었다. 그 경험을 통해 그는 깨달은 바가 있었다. 그가
생각하기에 어른벌레는 아무나 되는 것이 아니었다. 또, 되고 싶다고
해서 그저 되는 것도 아니었다.

　그녀도 허물벗기를 시도한 적이 있었다. 다만 아무도 몰래……. 다른
벌레들이 보는 앞에서 허물벗기를 하다가는 비웃음을 사기 십상이라는
걸 그녀는 알고 있었다. 그녀는 허물을 벗다가 자칫 그런 꼴이나 당하
지 않을까 걱정하곤 했다. 그녀의 기억 속에 허물벗기는 아프고 귀찮고
힘든 일로 남아 있었다.

　"누구나 어른이 되고 싶겠지……. 그러나 이 숲에서 사는 애벌레 가
운데 몇이나 어른벌레가 될 수 있을까?"

　그는 온갖 풍파를 겪으며 늙은 벌레처럼 고개를 설레설레 흔들며 중
얼거렸다.

　"나 같으면 그저 현실에 만족하며 이대로 살지, 어른이 되기 위해 목
숨을 걸고 싶지는 않아."

　그녀는 이렇게 말하고 그를 돌아봤다. 그의 표정은 왠지
좀 슬퍼 보였다. 알 수 없는 일이었다. 그가 마지못한
듯 입을 열었다.

　"진딧물이나 찾아 보자구."

　한참 덤불을 뒤진 끝에 두 애벌레는 기어이 진딧물 무리를 찾아냈다.
진딧물들은 바늘 같은 입으로 들국화 꽃가지에서 달콤한 즙을
빨아먹고 있었다. 살의를 품고 다가오는 그들의 발소리에
놀랐는지 진딧물들은 숲 안쪽으로 달아나기 시작했다.

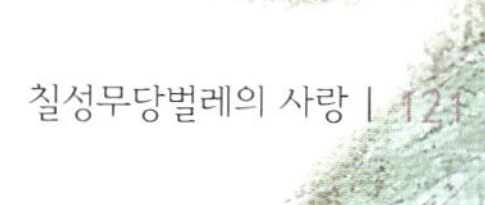

모두 날개 자리가 있는 암컷들이었다. 두 애벌레는 진딧물 무리를 쫓아 숲으로 들어갔다. 풀숲을 지나 산 어귀에 이른 그들은 드디어 진딧물들이 모여 있는 달맞이꽃을 찾아냈다. 진딧물 가족은 노란 꽃잎 바로 밑 줄기에서 즙을 빨아먹고 있었다. 두 애벌레는 풀빛과 어울리는 듯하면서도 어딘지 어색해 보이는 금빛 몸으로 꼼지락거리는 진딧물들을 가만히 지켜봤다. 그 곁에는 이미 개미들이 먼저 와 있었다. 개미들은 단물을 얻어먹으러 온 게 틀림없었다. 개미들이 더듬이로 진딧물의 엉덩이를 톡톡 쳤다. 그러자 진딧물들은 마지못한 듯 꽁무니에서 단물 한 방울을 흘려 개미들에게 적선했다. 동냥하듯 단물을 얻은 개미들은 서둘러 자리를 떠났다.

그녀는 개미들이 떠나자마자 잽싸게 달맞이꽃 줄기로 기어올랐다. 그도 어슬렁거리며 그녀의 뒤를 쫓아 올라갔다. 곧, 바람도 잦아든 고즈넉한 산 어귀에서 갑자기 비명이 울려퍼졌다.

「들국화」 57x59cm 한지에 채색 2002

“살려 주세요. 우리 애들을 잡아먹지 마세요.”

어미 진딧물은 그녀에게 애걸했다.

“안돼! 나는 지금 몹시 배가 고프단 말야.”

그녀의 목소리는 암컷의 그것답게 앙칼졌다.

“나도 먹고살아야지!”

그녀는 다시 그렇게 소리치며 가장 어려 보이는 진딧물의 등을 덥석 물었다. 검은 바탕에 붉은 점무늬가 아로새겨진 그녀의 허리가 실룩거렸다. 머리를 들어올리고 목을 내민 그녀가 더듬이를 길게 뻗은 채 서둘러 진딧물들을 입 속에 넣었다. 그녀의 허리가 잇달아 요동을 쳤다. 진딧물들은 아무 반항도 못하고 차례차례 그녀의 입 속으로 사라져 갔다. 그런 진딧물들을 보면서 그는 조금 안쓰러운 느낌이 들었다. 그는 달아나는 진딧물 어미를 위로하듯 중얼거렸다.

“세상이 이렇게 생겨 먹은 걸 어쩌겠니. 한 끼 식사로 세 마리만 잡아먹을 테니까 너희가 이해해 주렴.”

그녀는 어이가 없었다. 더듬이로 입 언저리를 닦고 난 그녀가 그를 물끄러미 바라보다가 소리쳤다.

“넌 정말 어리석구나! 먹고 먹히는 건 우리 세계에서는 언제나 있는 일이야. 뭘 먹든지 먹고산다는 건 죄가 아니라구. 어제오늘 일도 아니고 조상 대대로 물려받은 생활 방식을 따르고 있을 뿐인데 갑자기 왜 그런 말을 하는 거야?”

“내가 무슨 말을 했길래?”

“세상이 이렇게 생겨 먹었다는 둥, 잡아먹는 걸 이해해 달라는 둥, 뜬금 없이 그런 소리를 왜 하는 거냐구?”

“진딧물들이 좀 안돼 보여서…….”

"그래, 넌 동정심이 철철 넘치는 벌레고, 난 무자비하기 짝이 없는 벌레다. 잘났어, 정말!"

그녀는 화가 난 말투로 쏘아붙였다. 난감해진 그가 잠깐 생각한 뒤 입을 열었다.

"나도 살기 위해 몇 마리 잡아먹긴 했지만 일부는 살려 둬야 진딧물들도 종족을 보존하지. 또 길게 보면 그러는 게 우리한테도 좋을 테고."

그녀는 차가운 눈길로 그를 보며 말했다.

"오늘 일도 모르는데 내일 걱정을 하니?"

"목숨 붙이는 누구나 이 자연 속에서 살아남을 권리가 있어."

그는 먼 산을 쳐다보며 중얼거리듯 말했다. 다시 어이없다는 표정을 짓던 그녀가 말투를 누그러뜨렸다.

"얼굴 좀 펴. 힘 좀 내고. 그렇게 죽을상을 짓고 있으면 세상이 달라져? 너는 생각이 너무 많은 게 탈이야."

"……."

그의 대꾸가 없자, 그녀는 말을 이었다.

"우리가 잡아먹는다고 진딧물이 멸종이야 하겠어? 제 몸이 시키고 마음이 바라는 대로 하며 살면 되는 거지 성자처럼 굴게 뭐람. 네가 가끔 거창한 얘기를 하는 건 알지만 오늘은 좀 기분이 나빴어. 한창 먹고 있는 벌레 옆에서 그런 말을 하면 어떡해? 나 들으라는 거 같잖아. 어쨌든 아까 소리친 건 미안하게 생각해."

말을 마친 그녀는 풀잎에 걸터앉아서 트림을 했다. 한동안 생각에 잠겨 있던 그가 입을 열었다.

"글쎄, 나는 요즘 뭔가 이상한 낌새를 느끼고 있어. 여름 동안 그렇게 많던 진딧물들이 벌써 다 어디 갔을까? 이제 초가을일 뿐인데……. 진

「숲4」 85×119cm 한지에 채색 2002

딧물들이 새끼를 치는 시기가 뒤죽박죽이 된 거 같아. 게다가 진딧물들의 크기도 퍽 작아졌고 말야. 한 끼에 세 마리만 먹어도 배가 부르던 것이 이제는 다섯 마리 정도는 먹어야 배가 차거든. 정말 이상해. 우리가 모르는 사이에 어떤 재난이 다가오고 있는 건 아닐지 몰라."

그녀는 포만감에 젖은 나른한 목소리로 대꾸했다.

"참, 걱정도 팔자다. 많으면 많은 대로, 적으면 적은 대로 잡아먹고 살면 그만이지⋯⋯. 설마 굶어 죽기야 하겠어."

"생각해 봐. 이맘때면 나뭇잎이 물들어 가고 풀도 차츰 시들어야 정상이야. 식물이 슬슬 겨울 채비에 들어갈 때라는 거지. 그런데 너도 보다시피 풀이며 나뭇잎이 아직 초록인 채로 싱싱하니 이상하지 않아?”

“풀이 싱싱하면 좋지 뭘 그래. 나는 겨울이 좀 천천히 왔으면 좋겠어. 아예 겨울이 없어지면 더 좋겠고.”

“이런 식으로 가다간 우리한테 어떤 일이 닥칠지 모르는데도?”

“비가 오면 비가 오는 대로, 눈이 오면 눈이 오는 대로 살면 그뿐이지, 애써 이것저것 따져 가며 자신을 괴롭힐 건 없다고 봐.”

“누구를 괴롭히기 위해서가 아니라, 알게 모르게 다가오는 위험에 대비하기 위해서야.”

그가 받아치듯 말하자, 그녀는 잠깐 생각한 뒤 입을 열었다.

“너도 참 골치 아프게 사는 벌레구나. 이럴 때 어울리는 속담이 뭐더라? 그래, 하늘이 무너져도 솟아날 구멍은 있다지 않아. 더구나 당장 무슨 위험이 닥친 것도 아니고.”

“눈앞에 일이 닥쳤을 때는 이미 엎질러진 물이 되고 말아. 너는 진딧물들이 새끼를 치는 시기가 뒤죽박죽이 되고, 나뭇잎이 물드는 시기가 달라진 걸 보고도 아무렇지도 않아?”

“진딧물도 아니고 나뭇잎도 아닌 내가 뭘 어떻게 하겠어.”

그녀가 어깨를 으쓱하면서 하는 말에 그는 저도 모르게 쓴웃음을 지었다.

“너보고 뭘 어쩌라는 게 아냐. 생태계에서 일어나고 있는 이상한 낌새가 걱정스럽지 않냐는 거지.”

“걱정할 게 뭐 있어. 사는 데 지장만 없으면 되는 거지.”

“사는 데 지장이 있으니까 하는 말이야. 진딧물들이 새끼치는 시기를 종잡을 수 없게 되면 당장 우리가 먹고사는 데 어려움이 따르지 않겠어?”

이 말에는 그녀도 잠깐 머뭇거리지 않을 수 없었다.

"글쎄……. 새끼를 언제 치든 우리로서야 진딧물을 잡아먹을 수만 있으면 되는 거 아냐?"

"이런 현상은 생태계의 혼란으로 이어질 수도 있어. 겨울이 짧아지고 있는 문제만 해도 그래. 날씨의 변화에 제대로 적응하지 못하는 벌레는 길게 보면 생태계에서 사라질 수밖에 없거든."

"겨울이 짧아지면 우리야 좋지 뭐. 추위 때문에 고생하는 일도 줄어들 테고……."

"글쎄, 정말 그렇게 간단한 문제일까?"

"겨울이 짧아지면 벌레들은 오히려 살기가 좋아질 텐데 무슨 걱정이야."

"난 아무래도 미심쩍어. 겨울이 자꾸 짧아지다 보면 우리가 미처 예상하지 못한 일들도 벌어지지 않을까?"

그가 다시 심각하게 말했지만 그녀는 여유를 찾은 듯 웃음까지 띠며 대꾸했다.

"좋아. 정 그렇게 미심쩍다면, 지나가는 벌레들한테 한번 물어 보자. 다른 벌레들은 어떻게 생각하는지."

그녀는 주변을 두리번거렸다.

"누구 없나?"

풀숲을 살펴보던 그녀가 이윽고 다른 애벌레 한 마리를 찾아냈다. 그 애벌레는 빛깔이며 생김새가 풀과 아주 비슷했다. 다만 일단 눈에 익으니까 기묘하게 생긴 턱이 눈길을 끌었다.

"아니, 저 애벌레가 흉측한 주둥이로 누굴 노리고 있는 거야? 아무튼 우리 얘기를 듣고 있었을 테니까 한 가지 물어 보자구. 겨울이 짧아지

「숲」 57×89cm 한지에 채색 2002

면 벌레들이 살기가 좋아질 거 같아, 아니면 나빠질 거 같아?"

"겨울이 짧아지든 길어지든 그런 게 나하고 무슨 상관이야. 자연이나 생태계는 될 대로 되라지. 대기 오염이 심각하다는 둥, 오존층에 구멍이 났다는 둥, 지구 온난화가 어떻다는 둥 말이 많지만, 그 따위는 배부른 작자들이나 지껄이는 얘기야. 지금 나는 배가 고플 뿐이야."

그들을 노리며 숨어 있다가 들킨 것이 화가 났는지 흉칙하게 생긴 애벌레는 짜증 섞인 소리로 대꾸했다. 그녀가 고개를 돌려 그에게 말했다.

"들었지? 조상한테서 물려받은 본능을 탓하겠어, 아니면 우리 힘으로 어떡할 길 없는 자연을 원망하겠어? 당장 먹고살기도 바쁜데 그런 거창한 문제 때문에 너무 골치 썩지 말라니까."

"……."

그의 대꾸가 없자, 그녀는 혼잣소리처럼 한 마디 덧붙였다.

"애벌레로 살아가는 것도 서글픈 일인데, 본능에 따라 행동하는 게 무슨 죄가 되리오."

"그래, 먹고사는 걸 죄라고 할 순 없겠지."

그는 왠지 허탈해 보였다. 갑자기 그녀도 한숨을 섞어 말했다.

"후, 우리도 곤충인데 언제까지 이렇게 애벌레로 살아야 할지……."

두 애벌레는 깊은 숲으로 들어갔다. 나뭇잎 사이로 새어드는 햇빛이 어룽거릴 뿐 숲 속은 어둑어둑했다. 그들은 걸음을 재촉해 한참만에 해가 잘 비치는 곳으로 나왔다.

"다리 아프지? 저 넝쿨에서 좀 쉬었다 가자."

그가 더덕 넝쿨을 가리키며 말했다. 두 애벌레는 넝쿨로 올라가서 자리를 잡았다.

"더덕 냄새 난다. 너도 이 냄새 좋아하니?"

그녀가 물었다. 그는 깊게 숨을 들이마신 뒤 대답했다.

"그럼. 이 향긋한 냄새를 맡으면 살아 있다는 느낌이 들어."

"살아 있다는 느낌?"

"응, 더덕 냄새에 취해 있으면 기분이 나아져. 어제 너도 말했지만 애벌레로 살아간다는 건 서글픈 일이야. 고달픈 일이기도 하고……."

"……."

두 애벌레는 한동안 말이 없었다. 그녀는 안쓰러운 마음으로 그를 바라봤다. 그 또한 그녀가 가엾어 보였다. 더덕 냄새에 취해 있으면 기분이 나아진다고 말해 놓고도 그는 다시 가슴 아픈 이야기를 꺼낸 것이다.

"햇살이 참 좋다. 어때, 우리 같이 한번 크게 웃어 볼까?"

분위기를 바꿔 보려는 듯 그가 말했다. 그러나 그의 말에서는 왠지 슬픔이 묻어 났다. 그가 이윽고 큰 소리로 웃었다. 그녀는 따라 웃을 수가 없었다. 오히려 자꾸 눈물이 나려고 했다. 과장된 그의 웃음소리가 숲 끄트머리에서 겉도는 듯했다. 웃음소리에 놀랐는지 가까운 나뭇잎에서 갑자기 풍뎅이 한 마리가 날아올랐다. 무슨 일인가 싶어 얼굴을 내미는 애벌레도 몇몇 보였다.

"우리도 어른벌레가 될 수는 있겠지?"

웃음을 그친 그가 물었다. 그녀는 대답을 하기 전에 잔기침으로 목을 풀어야 했다.

"그럼, 우리는 어른벌레가 될 때까지 살아남을 수 있을 거야."

그는 고개를 돌려 다른 애벌레들에게 물어 봤다.

"너희는 이담에 뭐가 되고 싶니?"

"음, 나는 예쁜 나비가 되고 싶어. 나비가 돼서 아무것도 생각지 않고 하늘 높이 날아 봤으면 좋겠어.”

뿔이 난 머리를 달고 나뭇가지에 매달려 있던 애벌레는 그렇게 말한 뒤 틱틱거리며 웃었다.

“나는 아무래도 베짱이가 되는 편이 낫겠어.”

긴 더듬이를 흔들며 풀잎에 앉아 졸고 있던 애벌레가 눈두덩을 비비며 말했다.

“나는 사슴벌레가 되는 게 좋겠어.”

썩은 나무 속에서 기어 나온 애벌레도 한마디 보탰다.

“너는 뭐가 되고 싶니?”

다른 애벌레들의 말이 끊어지자 그녀가 문득 그에게 물었다.

“글쎄……. 아, 그래, 생각났어. 칠성무당벌레!”

머뭇거리며 대답한 그가 이번에는 그녀에게 물었다.

「행」80x75cm 한지에 채색 2002

“너는 뭐가 되고 싶은데?”

“나도 무당벌레가 되고 싶어.”

그녀의 대답에 이어 그가 잠깐 뜸을 들이더니 뜬금없는 소리를 했다.

“이제부터 내 이름은 ‘칠성’이야. 음, 그래, 너는 ‘무당’이라고 하는 게 좋겠어. 어때, 괜찮은 이름이지?”

“그래, 좋아.”

두 애벌레는 서로 웃음을 지어 보였다. 더덕 냄새의 효과가 그제서야 나타나는 듯했다. 그녀는 웃음을 띤 채 말했다.

"만약 본능이 먹고 먹히는 몰지각한 일에 우리를 끌어들이지 않는다면, 지혜나 이성의 힘으로 우리가 스스로를 억제할 수 있다면, 이 세상의 모든 생물은 서로 얼마나 아름다운 관계에 놓이게 될까?"

그도 한숨을 토하며 말했다.

"아! 저마다 제 몸뚱이 지키는 일에 그토록 매달려 살아야 하다니……. 이 자연과 생태계가 우리한테 바라는 게 뭘까? 본능은 반항할 여지도 없이 우리를 끌고 가서 서로 먹고 먹히는 일에 열중하게 만들지."

그의 말을 듣던 그녀의 표정에 차츰 그늘이 졌다. 더덕 냄새의 효과가 엉뚱한 쪽으로 나타나는 느낌이었다. 그는 환각 상태에라도 빠진 것처럼 더듬이를 구부리며 길게 말을 이었다.

"그래! 서글픈 앞날이 이어질 게 뻔한 이 숲에 언제까지나 머물 수는 없어. 이 숲에서 살다 보면 무엇이든 본능이 시키는 대로 할 수밖에 없잖아. 그 생각만 하면 나는 괴로워. 이제부터라도 제대로 살고 싶어. 이 숲을 떠나면 내가 바라는 대로 살아갈 수 있을까? 나는 정말 새로운 삶을 살고 싶어."

그가 고향 숲을 떠나려고 한다는 것을 알게 된 그녀는 저도 모르게 가슴이 미어졌다.

사흘째 구름 낀 날씨가 이어지고 있었다. 이따금 부는 바람에 풀이며 나뭇잎들이 흔들렸다. 한동안 이어지던 늦더위도 싱그러운 가을 바람에 하루하루 식어 가고 있었다.

칠성은 가까운 곳에서 나는 매캐한 냄새 때문에 코를 감쌌다. 지나가면서 보니 그 독한 냄새는 찔레꽃 덤불에서 나고 있었다. 찔레꽃 열매 길을 지나서 그는 아카시아 잎이 깔린 길로 접어들었다. 한참 걷다 보니 이번에는 억새가 우거진 길이 나왔다. 구름 옅은 곳 사이로 햇살 줄기가 다발을 이루며 군데군데 부드러운 빛을 뿌렸다.

"나는 무엇 때문에 이렇게 길을 나선 것일까?"

꿈꾸듯 몽롱한 햇살 줄기를 받으며 그가 중얼거렸다. 그는 다시 한번 무당과 헤어지던 순간을 떠올렸다. 칠성이 떠나려고 했을 때 그녀는 가지 말라며 그를 붙잡았다. 심지어 자존심까지 팽개치고 그에게 애원하며 매달렸다. 사랑이 뭐길래…….

무당은 기어이 울음을 터뜨렸다.

"칠성아, 가지 말라니까. 내가 널 얼마나 좋아하는지 몰라서 그래? 제발 내 곁에 있어 줘!"

그녀가 절망 섞인 고백을 했건만, 그는 흔들리는 낌새가 없었다. 그의 결의는 바위처럼 굳었다. 흐느끼던 그녀가 갑자기 고개를 쳐들고 그를 노려봤다. 그러고는 이렇게 소리쳤다.

「사랑」 75x70cm 한지에 채색 2002

"불가능한 허물벗기, 우리의 힘이 미치지 않는 곳에 있는 미래, 받아들일 수 없는 완전 탈바꿈! 이런 모든 것을 나는 증오해!"

기묘하게도 그녀의 말은 그 순간 거의 확신에 찬 듯한 느낌마저 줬다. 이미 마음을 정한 그는 이 말밖에는 할 수가 없었다.

"미안해……."

그 또한 그녀를 사랑하고 있었다. 이런 감정은 그의 지난 삶에 그런대로 아름다운 무늬를 입혀 주고 있는 듯했다. 어디를 가든 그는 애벌레 시절의 애틋한 풋사랑을 가슴 한켠에 간직하고 살아갈 터였다.

그녀는 마침내 그의 마음이 이미 굳어 버린 것을 알아차렸다. 눈을 감은 채 그녀는 잠깐 그와 함께 보낸 지난날들을 떠올려 봤다. 둘이 어울려 진딧물을 찾아다니고, 바위에 누워 햇볕을 쬐고, 쑥아재비 냄새를 맡던 그날들을……. 그녀가 눈을 뜨더니 세차게 머리를 흔들었다. 그것은 잠시나마 행복감에 사로잡혀 있던 자신을 나무라는 몸짓이었다. 그녀는 경멸하듯이 그를 위아래로 훑어보며 소리쳤다.

"모진 놈! 그래, 떠나고 싶으면 떠나. 저 없으면 누가 못 살 줄 알아?"

오래 두고 궁리를 하더라도 마지막 결심은 한순간에 하게 되는 것임을 두 애벌레는 저마다 느낄 수 있었다.

'분별 있는 수컷이라면 암컷 때문에 제가 가야 할 길을 모르는 척하진 않아. 우리한테 언제나 위험한 것은 이런저런 이유로 망설이며 감정을 어지럽히는 태도일 거야.'

그는 잠깐 제 생각에 스스로 도취된 듯 흐릿한 웃음을 입가에 흘리고 있었다. 덤불이 바람에 쓸리는 소리가 들렸다. 그는 문득 걸음을 멈추고 뒤를 돌아봤다. 아까만 해도 억새밭 너머로 가물거리던 고향 숲이 이제는 보이지 않았다.

「이탈」 45x44cm
한지에 채색 2001

'어린 시절은 다시 돌아오지 않겠지. 잘 있어라, 내 지난날의 자취를 간직한 숲아. 친구들아, 너희도 잘 있어. 너희 생각을 하면 가슴이 아프다. 가엾은 것들……. 앞으로도 너희는 헐벗고 굶주린 채 먹이를 찾아 헤맨 끝에 서로 먹고 먹혀야 할 테지. 왜 떠나느냐고? 목숨을 지니고 있는 게 치욕이 되고 마는 고향 숲의 현실이 나를 괴롭힌 거야. 아, 무당아…….'

그는 애정과 연민의 감정을 섞어 제가 떠나온 숲 쪽으로 손을 흔들었다.

'그래, 세상을 두루 돌아다니다 보면 본능을 다스리는 법을 배울 수 있을 거야. 나는 젊고, 뭐든지 할 수 있어.'

그는 발길을 돌려 저녁 노을이 지고 있는 서쪽으로 다시 걸었다.

그 뒤로 칠성의 고향 숲에서는 누구도 그를 볼 수 없었다.

무당은 칠성이 떠난 뒤에도 머지않아 그가 고향 숲으로 돌아오리라고 생각했다. 역마살 때문에 숲에서 나갔지만 가을 바람을 좀 쏘이고 나면 제 정신을 차리고 돌아올 것이라고 여겼다. 고향 숲에서 사는 정령들이 그를 이끌어 다시 제 곁으로 보내 줄 것이라고 그녀는 믿었다. 그가 떠난 뒤 그녀는 숲의 정령들에게 기도하는 버릇이 생겼다. 그녀는 칠성이 돌아오면 그를 더 즐겁고 편안하게 해 주리라고 마음먹으며 하루하루를 보냈다.

'칠성이도 다녀 보면 알게 될 거야. 여기만큼 먹을 게 많고 안전한 곳도 별로 없다는 걸. 맞아, 칠성이는 예전에도 한 번 이 숲을 떠났다가 돌아온 적이 있거든. 객지보다는 고향이 훨씬 낫다는 걸 다시 깨닫게 될 거야.'

「고향」 57x59cm
한지에 채색 2002

그러나 밤 뒤에는 낮이 오고, 낮 뒤에는 밤이 올 뿐, 칠성은 오지 않았다. 여러 날이 지나 그믐달이 보름달로 바뀌자, 무당은 비로소 그가 영영 돌아오지 않을 수도 있다고 생각했다.

어느덧 10월이었다. 가을 하늘은 구름 한 점 없이 맑았다. 하늘을 쳐다보던 무당은 마침내 마음을 굳혔다. 기다려도 오지 않으니, 스스로 칠성을 찾아 나설 수밖에 없었다.

칠성이 떠난 뒤, 그녀는 어두운 수풀 속이나 바위 그늘 속에서 저도 모르게 그를 찾고 있는 자신을 느끼곤 했다. 그러나 어디를 둘러봐도 칠성처럼 잘생긴 수컷은 다시 볼 수 없었다. 이따금 햇빛에 얼비치는 다른 수컷의 모습 속에서 그녀는 칠성을 떠올려 보기도 했다. 그러나 곧 그녀의 마음에는 그를 향한 그리움만 쌓일 뿐이었다. 뜻하지 않은 이별의 아픔으로 그녀는 숨을 들이쉬고 내쉬는 것조차 괴로울 때가 많았다. 심지어 자신을 잊고 오로지 사랑하는 이를 위해 사는 습관이 붙어야 암컷은 비로소 행복한 법이라고 느낀 적도 있었다. 곁에 그가 없는 밤은 길었고 더욱 그녀를 괴롭혔다. 밤이 엄연히 생활의 절반을 차지하고 있으며, 낮을 한결 더 즐겁고 보람차게 해 준다는 것을 그녀는 칠성이 떠난 뒤에야 절실히 깨달았다.

그녀는 예전보다 꿈을 자주 꿨다. 그 꿈은 환영 같은 느낌을 주기 일쑤였다.

낮이었다. 그녀는 나뭇가지 끝에서 따사로운 햇볕에 몸을 맡기고 있었다. 밤에 칠성의 차가운 몸을 데워 주려면 제 몸뚱이에 열을 갈무리할 수밖에 없었다. 이윽고 밤이 됐다. 칠성은 잠자리에서 덜덜 떨며 신음을 내곤 했다. 그녀가 몸을 감싸주려고 하자, 그는 몽유병자처럼 일어나서 비틀거리며 잎 가장자리로 나갔다. 그 자리에서 칠성은 어른벌레처럼 날아오르는 몸짓을 하는 것이었다. 아, 그는 왜 날개 있는 것들의 오만을 흉내내는 것일까…….

"그러면 안돼. 너는 날개가 없어. 날려고 하지 말라니까!"

"나는 날아야 해. 그래, 날개를 펴자. 저기로, 저 서쪽으로 나는 가야 해. 날아가야 해, 저 서쪽으로 날아가야 해."

"내 말을 잘 들어. 어른벌레는 하늘을 날 수 있지만 곧 땅에 떨어져 죽어 버려. 그러니까 날개 같은 건 부러워하지 마. 땅에서 걸어다니며 살고 있는 우리 애벌레가 더 행복할지도 모르니까."

그녀는 칠성을 설득하려고 애썼다. 그러나 칠성은 어느 순간 끝이 보이지 않는 심연 속으로 곤두박질쳤다.

"으악, 벌레 살려!"

그는 머리 쪽부터 추락하며 크게 비명을 질렀다. 그의 목소리가 마치 가을에 밀려 여름이 멀어지는 소리처럼 아득하게 들려 왔다. 그녀는 칠성을 구해 보려고 애썼지만 도무지 손을 쓸 길이 없었다.

"칠성아!"

심연 속으로 떨어지는 그를 보며 그녀는 안타까움에 울부짖었다.

그날 밤 그녀는 몸부림을 치다가 꿈에서 깨어났다. 꿈이 너무 생생해 그녀는 잠에서 깬 뒤에도 한동안 넋을 잃고 멍하니 앉아 있었다. 그녀는 칠성이 지금 생사의 갈림길에서 자신의 도움을 기다리고 있기 때문에 제가 그런 꿈을 꾸게 된 것이라고 생각했다. 이렇게 환영과 뒤섞인 듯한 꿈을 잇달아 꾸면서 공포와 근심은 밤마다 그녀를 옥죄고 물어뜯었다.

'주변머리 없는 칠성이를 그냥 죽게 내버려 둘 수는 없어. 그거 때문에 평생 죄 의식을 느끼며 살고 싶지는 않아.'

그녀는 칠성이 제 발로 고향 숲으로 돌아오기를 바랐다. 그러나 제 바람이 이루어져서 기뻐할 날이 도무지 올 것 같지 않았다. 이제 그녀가 칠성을 찾아 나설 수밖에 없었다.

무당은 고향 숲에서 나와 칠성을 찾아 이리저리 헤맸다. 길을 가다가 애벌레가 눈에 띌 때마다 그녀는 칠성을 못 봤느냐고 물었다. 그러나 칠성을 봤다는 애벌레는 한 마리도 없었다. 그녀는 칠성을 찾지 못해 걱정이 태산 같았다. 때로는 칠성이 이미 죽었을지도 모른다는 생각까지 들었다. 먹이를 못 찾아 굶어 죽거나 병이 들어 죽을 수도 있었다. 어쩌면 다른 벌레의 먹이가 됐을지도 모를 일이었다.

바람이 몹시 불던 어느 날이었다. 그날도 무당은 칠성을 찾아 이리저리 헤매고 다녔다. 발바닥이 부르터서 빨리 걷기가 어려웠지만 그녀는 쉬지 않고 길을 갔다. 솔이끼들이 자라는 땅을 지나 하눌타리에 오르다가 그녀는 머리가 하얀 애벌레와 마주쳤다. 보아하니 나방 애벌레였다. 그녀는 하눌타리 잎에 앉아 있는 그 애벌레에게 고개를 숙여 보인 뒤 물었다.

"애벌레를 좀 찾고 있는데요. 몸이 열두 마디고 다리는 여섯 개, 살갗은 검고 등에 빨간 점이 있는 수컷 애벌레를 못 봤나요?"

아무리 애벌레라지만 머리가 흰 것을 보니까 저절로 높임말이 나왔다.

"글쎄, 본 것도 같고 못 본 것도 같은데……. 저기 숲이 보이지? 저리 한번 가 봐."

그녀는 나방 애벌레에게 고맙다는 말도 제대로 못 하고 하눌타리에서 내려왔다. 그러고는 멀리 보이는 넓은잎나무 숲을 향해 잰걸음을 옮겼다. 모호하긴 했지만, 칠성을 본 듯도 하다는 말을 들은 터라 그녀는 발이 부르튼 것도 잊고 부지런히 걸었다. 마치 하나뿐인 아들을 잃어버린 아낙네처럼 걸음을 재촉하는 그녀의 엉덩이가 실룩거렸다.

그녀는 굶주려서 말라비틀어진 칠성의 모습을 떠올렸다.

'객지에서 고생깨나 하고 있겠지. 젊어 고생은 사서도 한다지만, 먹을 게 없어 굶는 설움은 견디기 어려울 텐데…….'

넓은잎나무 숲까지 가는 길은 꽤 멀었다. 그녀는 칠성이 그 사이에 죽지나 않았을까 걱정스러웠다. 심지어 그가 스스로 목숨을 끊었을지도 모른다는 생각까지 들었다.

'수컷들은 성미가 급해서 길이 막혀 막바지다 싶으면 죽음을 생각하기 일쑤지. 거기에 비해 암컷은 에도는 한이 있더라도 목표로 정한 곳까지 가는 끈기가 있어. 바쁠수록 돌아가라는 속담도 있잖아.'

칠성은 어릴 적부터 낙원이 서쪽에 있을 것이라고 생각했다. 서쪽 하늘에 걸려 있는 저녁 노을을 볼 때면 그는 저절로 가슴이 설레곤 했다. 서쪽 나라에는 자연의 총애를 받는 드넓은 들판이 펼쳐져 있고, 사철 내내 아름다운 꽃들이 피어 있을 것이라고 그는 상상했다. 서로 먹고 먹히지 않아도 되고, 따라서 목숨을 지닌 게 치욕스럽게 느껴지지 않는 곳이 서쪽 어디에 있을 것이라고 그는 믿었다. 얼마나 가야 서쪽 나라에 닿을지 몰랐지만, 그는 저녁 노을이 지는 쪽으로 걷고 또 걸었다.

"나는 혼자다!"

길을 가던 그가 갑자기 외쳤다. 그는 홀가분했고, 아울러 왠지 불안

했다. 홀가분한 느낌과 불안감은 서로 넘나들며 때때로 외로움을 잉태했다. 저녁 노을이 가라앉고 어둠이 내렸지만, 그는 걸음을 멈추지 않았다.

희미한 달빛이 숲을 비추고 있었다. 어둠 속에서 발길을 옮기던 그는 스산한 마음을 떨칠 수 없었다. 알 수 없는 한 가닥 불안이 다시 그를 파고들었다. 그는 밤하늘을 올려다봤다. 달이 보였고, 멀리서 별들이 반짝였다. 죄 없이 죽은 애벌레들의 영혼이 밤하늘에서 달과 별들로 빛나는 거라고 그는 생각했다. 문득 무당이 보고 싶었다.

'옆에 무당이 있으면 얼마나 좋을까.'

밤이 깊어지자 달빛에 자극을 받은 나방들이 산골짜기 깊은 숲에서 떼를 지어 날아올랐다. 허공에서 춤을 추는 그들은 여러 가지 빛깔의 날개옷을 걸치고 있었다. 어두운 단색 날개옷을 입은 나방들도 보였고, 꽃무늬가 새겨진 화려한 날개옷을 입은 나방들도 보였다. 금빛이 아른거리는 주홍색, 사파이어처럼 빛나는 청록색, 루비처럼 밝은 빨강……. 나방들은 저마다 개성 있는 날개옷을 걸치고 빙글빙글 동그라미를 그리며 춤을 추었다. 그 모든 색상은 모자이크처럼 박힌 비늘 가루에 물들어 있었다. 밤하늘로 날아오르면 달빛에 젖은 색상들이 조화를 이룬 채 더 밝게 비치고, 흰 살갗 안쪽 나방들의 속살은 푸른빛으로 번쩍거렸다.

칠성은 예전에 처음으로 고향 숲을 떠났을 때도 이런 광경을 본 적이 있었다. 그때 길을 떠난 동기는 이번과 달랐다. 허물을 벗고 어른벌레가 되려던 계획이 실패로 돌아가자, 실망한 나머지 고향 숲을 등진 것이었다. 객지를 떠도는 동안, 그는 밤만 되면 어둠의 날개에 짓눌리는 공포를 겪었다. 그는 밤이 왜 무서운지 그때 처음 알았고, 나흘 만에 고향 숲으로 돌아가고 말았다.

"환상이야. 저 날개옷을 걸친 무리는 모두 허깨비야. 어둠의 나라에서는 밤마다 시끌벅적한 잔치가 열리지. 그러나 저 광란의 열기는 아침이 되면 사라져 버리는 신기루 같은 거야."

나방들의 현란한 춤판은 새벽의 여신인 금성이 밤하늘의 별들을 지우고 해가 풀잎에 맺힌 이슬을 말릴 즈음 사라지는 환상 같은 것이었다.

칠성은 그때 밤이면 엄습하는 공포와 외로움 때문에 고향 숲으로 돌아가고 말았다. 그런데 실의에 빠져 고향으로 돌아간 그에게 웃음을 지어 보이는 암컷이 있었다. 뒷날 그가 무당이라고 부르게 된 그녀였다. 그는 무당을 바라보기만 하면 왠지 모르게 가슴이 뛰었다. 얼마 뒤 두 애벌레는 번번히 눈길이 마주치는 사이가 됐다. 암수가 관심 어린 눈길로 서로 바라보는 게 그렇게 묘한 느낌을 불러일으킬 수 있다는 걸 그는 예전에 미처 몰랐다. 이윽고 두 애벌레는 눈짓이나 몸짓으로 사랑을 속삭이기에 이르렀다. 그들은 불꽃처럼 타오르는 감정을 억누를 수 없었다. 첫사랑의 감정은 그토록 뜨거웠다.

"사랑이 그렇게도 달콤했어? 꿀보다 사랑이 더 달콤했냐구."

그는 무당을 떠올리며 중얼거렸다. 하기야 누구라서 샘솟듯 솟구치는 사랑의 감정을 억누를 수 있을까?

그는 선득선득 한기를 느끼며 추억에서 깨어났다. 밤이슬이 내리는 듯했다. 어둠 속에서 주변을 살피던 그는 한참만에 임자 없는 나무 구멍을 찾아냈다. 밤이슬을 피하기 위해 그는 나무 구멍 속으로 들어갔다. 코에 익은 듯한 냄새가 짙게 풍겼다. 지난여름 비를 긋기 위해 무당과 함께 들어간 나무 구멍에서 나던 냄새와 거의 같았다. 구멍 안에서 처음 한동안 어깨만 대고 있던 그들은 비가 그칠 즈음에 이르러선 어느

「낙원」 75×80cm 한지에 채색 2002

새 서로 끌어안고 있었다. 그때 나무 구멍 밖으로 빗방울 듣는 것을 바라보며 칠성은 참 아늑한 느낌을 받았다. 눈을 감은 채 품에 안겨 있던 무당도 포근한 느낌에 파묻혀 있는 듯했다.

갑자기 칠성이 몸을 부르르 떨었다. 문득 가슴 안쪽에 그리움의 물결이 밀려든 까닭이었다. 그리움의 물결은 가슴 기슭에 부딪쳐 외로움의 물보라로 흩어졌다. 밀려왔다 밀려가고 다시 밀려오며 부서지는 그 물결은 무당을 향한 그의 마음, 사랑이었다. 그는 차라리 눈을 감았다.

'그래, 어쩌면 사랑도 우리의 본능일지 몰라.'

희붐하게 날이 밝고 있었다. 이윽고 해가 솟아 나무 구멍 속에서 웅크린 채 잠이 든 칠성을 가만히 감싸 줬다.

멀리 산꼭대기 쪽에 눈이 쌓여 있는 게 보였다. 숲과 들은 마냥 푸르렀고, 이따금 부는 바람은 훈훈한 느낌을 줬다. 그가 닿은 곳은 어느 산의 어귀였다. 갖가지 꽃들이 돌아가며 피고, 풀과 나뭇잎이 싱싱하게 빛나는 곳. 나뭇가지에 주렁주렁 열매들이 맺혀 있고, 들판 곳곳에서 갖가지 이삭들이 익어 가는 곳. 들과 산이 드넓게 펼쳐져 있는 그곳은 풍요의 땅이자 신비의 땅이었다. 그곳에서는 나무고사리, 너도밤나무, 보리수, 능소화 따위 색다른 풀이며 나무들이 하루에 한 번씩 때맞춰 내리는 비를 머금은 채 쑥쑥 자라고 있었다.

거기서 사는 곤충들은 알에서 깰 때부터 날개를 달고 있었다. 다시 말해서 그들은 애벌레 시절 없이 곧바로 어른벌레가 됐다. 아울러 거기서 사는 곤충들은 모두 보호색을 띠고 있는 까닭인지 서로 먹고 먹히지 않았다. 그들은 생김새와 습성에 따라 매미, 메뚜기, 잠자리, 노린재, 개미, 벌, 나비, 딱정벌레 같은 갖가지 이름으로 불렸다. 이렇듯 생김새와 습성 그리고 이름은 달랐지만, 알고 보면 그들은 서로 멀거나 가까운 친족 사이였다.

그들의 삶은 행복해 보였다. 그들은 풍요로운 환경 속에서 마음껏 생기를 발산하며 살았다. 아무 때나 저희가 좋아하는 풀과 꽃과 열매를 찾았고, 빛나는 날개를 펴고 바람처럼 자유롭게 날아다녔다. 그들이 사는 곳에는 가시나무, 녹나무, 감람나무, 야자나무, 종려나무 따위가 우거진 숲도 있었고, 빨간 산딸기가 수두룩하게 달린 덤불과 산비탈도 있었다. 샘에서는 늘 맑은 물이 솟았고, 넘치는 물은 골짜기를 지나 조용히 강으로 흘러들었다.

그는 거기서 붉은 등에 검은 별무늬가 일곱 개 찍혀 있다고 해서 칠성무당벌레라는 이름을 얻게 됐다. 거기서 그는 뭘 억지로 배우고 익히기보다 자연과 하나가 되면 저절로 지니게 되는 지혜를 바탕으로 새로운 삶을 꾸릴 수 있었다. 벌레들이 서로 아끼고 보살펴 주는 곳, 먹고 먹히는 일이 되풀이되지 않는 곳, 목숨을 지니고 있는 게 치욕이 아니라 자랑인 곳……. 원시 자연이 숨쉬는 그곳이 바로 그가 그토록 꿈꾸던 낙원인 듯했다.

칠성은 눈을 비비며 꿈에서 깨어났다. 나무 구멍 안에는 부드러운 빛이 감돌고 있었다. 그는 나무 구멍 밖으로 얼굴을 내밀었다. 눈부신 햇살이 쏟아졌다. 억새밭을 스쳐 지나온 한 줄기 바람이 그의 뺨을 간지럽

「밤나무」 30x47cm 한지에 채색 2001

혔다. 눈이 시리도록 파란 하늘에서 해가 따가운 볕을 내리쬐었다. 해맑은 가을 날씨였다. 그는 나무에서 내려와 길 떠날 채비를 서둘렀다.

그가 서쪽으로 한나절을 걸어간 끝에 당도한 곳은 자그마한 숲이었다. 그 아담한 숲은 강이 바다로 흘러드는 기슭에 자리잡고 있었다.

그 숲에는 무당벌레들이 많이 살았다. 무당벌레들은 하나같이 동그스름하고 반반한 딱지 날개를 달고 있었다. 딱지 날개의 빛깔이나 무늬는 갖가지여서 무당벌레에 따라 달랐다. 무당벌레 암컷들은 양자리공, 푸른맨드라미, 번행초, 쇠벌꽃, 먹딸기, 갈취나물, 유채 따위의 여러 가지 한해살이풀 사이를 부산스럽게 돌아다녔다. 더러는 수컷 무당벌레들도 눈에 띄었으나, 그들은 암컷 무당벌레들에 비하면 한가해 보였다. 알고 보니 암컷들은 알 낳을 자리를 찾고 있었는데, 싱싱하고 향긋한 풀이나 나뭇잎을 좋아하는 듯했다.

칠성은 암컷 무당벌레처럼 주변의 여러 가지 풀과 나뭇잎의 냄새를 맡아 봤다. 향기가 별로 없는 것도 있었지만, 어떤 풀이나 나뭇잎에서는 짙은 향기가 났다. 세상에 나서 처음 맡아 보는 싱그러운 향기에 취해 그는 잠깐씩 황홀경에 빠지기도 했다. 냄새가 벌레의 기분을 바꿔놓을 수 있다는 걸 알긴 했지만, 그런 오묘한 냄새에 파묻혀 보기는 처음이었다. 고향 숲에서는 느낄 수 없던 신비로운 냄새가 그 작은 숲을 감싼 채 오래오래 떠돌고 있었다.

노을처럼 붉은 딱지 날개에 금빛 안테나를 달고 있는 암컷 한 마리가 소리 없이 움직이며 풀잎에 알을 낳고 있었다. 암컷이 자리를 뜬 뒤 살펴보니 알들은 저마다 금빛 윤기가 돌며 반짝거렸다. 때마침 바람이 잦아든 터라 풀잎은 꼿꼿하게 허리를 펴고 있었으며, 햇빛의 정기가 조용히 알 하나 하나마다 스며들었다.

그런데 가만히 보니까 수컷 무당벌레들은 곳곳에서 암컷들이 낳아 놓은 알을 먹어 치우고 있었다. 그 와중에도 벌써 어떤 알에서는 새끼가 깨고 있었고, 숲은 새 생명들의 숨결로 꿈틀거리는 듯했다.

칠성은 한동안 넋을 놓고 수컷들이 알을 먹는 광경을 바라봤다. 그는 오랫동안 뭘 먹지 못해 배가 고프던 참이었다. 구경만 할 게 아니라 뭐라도 먹어야 하겠다는 생각이 들었다. 곧 그도 여기저기 암컷들이 낳아 놓은 알을 먹기 시작했다. 그는 풀과 나뭇잎을 찾아다니며 알을 먹고 또 먹었지만 좀처럼 배가 부르지 않았다. 그가 알을 먹고 있는데도 곁에서는 새끼들이 속속 깨고 있었다. 새끼들은 속에서 알을 깨물어 구멍을 낸 다음 줄줄이 밖으로 기어나왔다. 새끼들 가운데 한 마리는 알에서 나오자마자 그가 곁에 있는 것도 아랑곳없이 이렇게 외쳤다.

"햇살은 따사롭고, 풀과 나뭇잎에서 나는 냄새는 향기롭기도 하구나!"

새끼들은 알에서 나오느라 힘을 쓰면서 허기가 졌는지, 가까이 보이는 아직 깨지 않은 알을 먹어대기 일쑤였다. 개중에는 갓 깬 제 형제를 먹어 치우는 놈도 눈에 띄었다. 걸신이 들린 것처럼 알이며 다른 새끼들을 닥치는 대로 먹어치우는 놈도 있었다. 그러다 보니 알들은 차츰 사라졌고, 새끼들의 수도 갈수록 줄었다.

며칠 뒤, 숲에서는 풀과 나무가 땅 속 깊이 뿌리를 내리고 꽃과 열매가 시들기 시작했다. 아울러 숲에서 떠돌던 신비로운 향기도 온데간데 없이 사라졌다. 서리를 맞은 듯 널브러진 풀과 힘없이 축 늘어진 나뭇잎…… 바로 이런 곳에 외계에서 온 괴물처럼 생긴 애벌레들이 주렁주렁 매달려 있었다. 애벌레들은 열두 마디로 된 몸통에 다리 여섯 개가 달려 있었는데, 잘 봐 주려고 해도 예쁘다거나 아름답게 생겼다고 말할 수는 없었다. 숲은 애벌레들이 내쉬고 들이쉬는 숨소리로 들썩였는데,

그들은 마디마다 숨구멍을 갖추고 있었다.

갑자기 수컷 무당벌레들이 부산을 떨었다. 그들은 콧바람을 불거나 숨을 몰아쉬며 이리저리 가지를 옮겨다녔다. 새로 깬 애벌레들의 수를 헤아리는 듯했다.

"한 마리가 많은 거 같은데!"

수컷 가운데 누가 소리쳤다.

"그럴 리가 있나? 잘못 헤아렸겠지. 다시 한 번 점검해 봐."

그들 가운데 가장 힘이 세어 보이는 수컷이 말했다. 칠성은 알 수 없는 두려움 속에서 그들을 지켜봤다.

"다시 헤아려 봐도 한 마리가 더 많은데……. 어쩔 수 없지. 하늘의 뜻이 정 그렇다면 받아들여야지."

그러나 곧바로 힘센 수컷이 크게 소리쳤다.

"한 마리 때문에 새로 깬 아흔아홉 마리한테 피해를 줄 수는 없어!"

힘센 수컷은 덧붙여 말했다.

"자연이 스스로 통제하지 못하면, 우리 스스로 그 일을 할 수밖에 없어. 잊지 마! 이 자연 속에서 우리 종족이 살아남기 위해서는 죽음보다 더한 고통을 이겨내야 할 때도 있다는 걸."

갑자기 수컷이 더듬이로 칠성을 가리켰다.

"너!"

칠성은 화들짝 놀라 목을 폈다.

"네 옆에 있는 그 형제를 잡아먹도록!"

곧 외마디 비명이 울려 퍼졌다. 힘센 수컷은 그 소리를 듣고 나서 크게 외쳤다.

"땅과 하늘에 계신 위대한 이여! 바라건대, 아흔아홉 마리의 새 생명이 깨어남을 축복하소서!"

힘센 수컷의 목소리는 덩치에 걸맞게 우렁찼다. 칠성은 입 언저리에 묻은 피를 닦으며 그 소리를 들었다. 자신이 방금 뭘 먹었는지도 모를 만큼 그는 아직 겁에 질려 있었다.

이윽고 새로 깬 애벌레들이 시든 풀과 나뭇잎에서 기어내리기 시작했다. 칠성은 구멍난 나뭇잎 뒤에 숨어서 그 애벌레들의 움직임을 살폈다. 땅에 내려온 그들은 마치 전쟁터로 떠나는 병사들처럼 길게 줄을 지어 걸어갔다. 줄지어 가는 애벌레들의 수를 헤아려 본 칠성은 의아한 느낌이 들었다. 세 번이나 헤아려 봐도 그들의 수는 아흔아홉 마리가 아니라 아흔여덟 마리였다. 그렇다면 아까 애벌레들의 수를 헤아린 수컷이 헷갈렸을 가능성이 높았다.

'힘센 수컷의 지시에 따라 먹어 치운 한 마리까지 합쳐야 아흔아홉 마리가 되는 건데…….'

칠성은 뭐가 뭔지 알 수 없는 느낌이었다. 수컷 무당벌레들의 애벌레 맞이 행사도 괴이쩍어 보였고, 굳이 애벌레들의 수를 아흔아홉 마리에 맞추려고 하는 이유도 종잡을 수 없었다. 게다가 잘못 헤아려 놓고도 막상 땅에 내려온 애벌레들의 수를 점검하지 않는 것 또한 이상했다. 그들이 무슨 일을 벌이는 건지 알 수 없었기 때문에 그는 무서웠다. 거칠기 짝이 없는 수컷들도 무서웠고, 풀이며 나뭇잎에서 줄줄이 내려온 애벌레들도 무서웠다.

난데없이 빗방울이 떨어져 겁에 질린 채 나뭇잎 뒤에서 쪼그리고 있던 칠성의 얼굴을 적셨다. 몸에서 열이 나는 것 같았다. 이내 칠성은 깊은 무의식의 수렁 속으로 빠져들었다.

이와 같은 일이 일어나고 있는 동안에 지구의 기후는 조금씩 변해 갔다. 모든 게 사람이 지은 죄업 때문이었다.

그런데 이런 일이 있었다고 지구에 종말이 온 것은 아니었다. 지구는 변했을 따름이었다. 선조의 세계는 막을 내렸지만 새로운 세계가 다시 열렸다. 새로운 세계, 달라진 지구에서 살아남기 위해서 생물들은 저희 자신을 바꾸지 않으면 안 됐다. 새로운 세계, 달라진 지구에서는 변하지 않는 것이 한 가지도 없었다. 그렇지만 생물들이 변한다는 것은 결코 쉬운 일이 아니었다. 어떤 생물이든 그 선조보다 아주 조금밖에는 진화하지 않기 때문이었다. 전의 것과 닮지 않은 새로운 생물이 나타날 때까지는 몇천 년, 몇만 년, 몇억 년이라는 세월이 필요했다.

새로운 세계에서 살고 있는 무당벌레들이 스스로 깨우친 것은 만물의 근원인 숲을 지켜야 한다는 것이었다. 먹거리를 제공하는 숲의 소멸은 곧 저희 종족의 소멸을 의미했다. 숲의 소멸은 아울러 숲에 의지해 살아가는 종족과 공생 관계에 있는 종족의 소멸도 불러올 터였다. 이에 따라 무당벌레들은 스스로 저희의 수를 제한하지 않으면 안 된다는 것을 깨닫게 됐다.

'그렇다면 벌레들이 서로 먹고 먹히는 건 자연의 질서 속에서 종족을 보존하려는 본능의 발현이란 말인가? 그 길은 우리가 걸어가지 않으면 안 될 길이란 말인가?'

칠성은 으스스한 기운 속에서 눈을 떴다. 어둠에 파묻힌 숲은 고즈넉했다. 아직 날이 새기 전이었다. 안개가 잔뜩 끼어 숲을 채우고 멀리 골짜기에도 뿌연 빛을 덧칠해 놓은 게 보였다. 가만히 보면 안개는 땅거죽 가까운 대기에 섞여 있는 잘디잔 물방울들이었다. 그 물방울들은 허공에서 뱅글뱅글 도는가 하면, 서로 부딪쳐 공처럼 튀며 둥둥 떠다니기도 했다. 그는 손을 내밀어 물방울 하나를 잡았지만, 그것은 곧 부서져

물이 돼서 흘러내렸다.

조금씩 안개를 밀어내며 붉은 해가 뜨고 있었다. 칠성은 한시라도 빨리 그 숲에서 벗어나고 싶었다. 어제 겪은 일들이 떠오르자 그는 갑자기 구역질이 나려고 했다.

'같은 종족을 잡아먹다니 내가 어떻게 된 게 틀림없어…….'

그것은 말 그대로 동족 상잔이었다. 다른 벌레도 아니고 동족을 잡아먹은 셈이니까. 칠성은 제가 알에서 나와 처음으로 먹은 것이 뭐였는지 곰곰이 생각해 봤다. 어제 같은 경우를 보면, 저라고 해서 같은 어미가 낳은 알이나 피붙이를 먹지 않았으리라는 보장이 없었다. 그러나 아무리 더듬어 봐도 그는 갓 깬 애벌레 적에 제가 뭘 먹었는지 전혀 기억이 나지 않았다.

칠성은 침을 뱉은 뒤 휘청거리며 그 숲을 떠났다. 며칠에 걸쳐 산을 넘고 강을 건너 그는 서쪽으로 계속 갔다. 걷고 또 걸어도 땀이 별로 나지 않는 것으로 봐서 더위는 멀리 물러간 듯했다. 멀리 높은 산꼭대기 쪽에는 이미 희끗희끗 눈이 쌓이고 있었다.

나날이 날씨는 추워졌고, 덤불 속 진딧물의 수는 줄어들었다. 칠성은 먹이를 찾기 위해 이 숲에서 저 숲으로 끊임없이 옮겨다녀야 했다. 숲에 들어가 지형을 살핀 뒤, 그는 진딧물이 있을 만한 나무나 풀을 조심스럽게 뒤졌다. 그러나 허탕을 치는 경우가 적지 않아서 그는 때때로 배를 곯아야 했다. 그나마 진딧물이 있는 곳에는 경쟁자가 많았다. 홍테무당벌레, 남생이무당벌레, 베타리아무당벌레 따위의 애벌레들도 진딧물을 잡아먹고 살기 때문이었다. 애벌레들은 진딧물이 보이지 않으면 깍지벌레까지 잡아먹곤 했다. 그 가운데는 기괴한 습성을 지닌 애벌레도 있었고, 무섭게 생긴 애벌레도 있었다. 숲에서 마주치면 애벌레들은 누가

「겨울」 63x70cm 한지에 채색 2002

「겨울바람」 61x29cm 한지에 채색 2000

먼저랄 것도 없이 달음박질부터 하기 일쑤였다. 먹거리를 차지하려면 한발이라도 먼저 가야 했기 때문이다. 경쟁에서 지면 애벌레들은 굶거나 배를 제대로 채울 수가 없었다.

먹는 것만이 문제가 아니었다. 목숨이 붙어 있는 한 다른 벌레한테 먹히지 않도록 언제나 조심해야 했다. 숲에는 틈만 보이면 잡아먹으려고 드는 벌레가 곳곳에 있었다. 목숨을 노리는 벌레는 보이는 곳에도 있었고, 보이지 않는 곳에도 있었다. 곤충으로, 그것도 애벌레로 산다는 건 여간 피곤한 일이 아니었다.

칠성은 찬바람이 심할 때는 진딧물이나 깍지벌레를 찾아 나설 엄두가 나지 않았다. 날씨가 추워지면서 그는 바위틈이나 나무 껍질 또는 가랑잎 밑에서 지내는 날이 많아졌다. 추위와 굶주림을 견디는 것은 어려운 일이었다.

가랑잎을 덮고 있던 어느 날, 그는 여느 때 같으면 입에 댈 생각조차 하지 않았을 풀잎을 먹어 보려고 했다. 억지로 한입 씹어 삼키려고 했으나 풀잎은 목구멍에서 좀처럼 넘어가지 않았다. 이내 쏟아지는 기침과 함께 그는 풀잎을 도로 뱉어 내고 말았다. 목이 아프고 눈물까지 찔끔 났다. 이따금 구름 사이에서 나와 미지근한 기운을 전해 주는 햇볕마저 없었다면 그나마 의식의 끈을 잡고 있지도 못했을 터였다. 그는 하늘의 해도 머지않아 사라져 버리지나 않을까 걱정스러웠다.

'몸에 털이 많으면 덜 추울 텐데. 아, 눈앞이 노랗구나…….'

칠성은 꼬박 사흘 동안 먹은 게 아무것도 없었다. 갈마드는 추위와 굶주림으로 그는 몸을 추스르기조차 어려웠다. 허기진 창자는 쪼르륵 소리를 내며 뭐라도 소화시킬 걸 보내 달라고 자꾸 보채고 있었다. 일찍이 이토록 먹을 것에 대한 욕망이 그의 마음을 사로잡은 적은 없었다. 칠성은 저도 모르게 죽음이라는 말을 떠올렸다. 그러자 무당이 몹시도 그리워졌다. 눈물이 그의 뺨을 타고 흘러내렸다.

칠성은 굶주림에 지친 나머지 다시 깊은 잠 속으로 떨어졌다.

그는 하루하루 감탄과 경이 속에서 낙원 생활을 이어갔다. 해가 이글이글 타는 한낮이면 그는 나무 그늘에서 날개를 접은 채 풀잎에 누워 시원한 바람을 즐겼다. 옆에는 날개를 접고 맨몸으로 나뭇가지에서 땅으로 뛰어내리며 장난을 치는 어린 곤충들도 있었다. 그도 누구 못지않은 장난꾸러기여서 자주 또래들과 어울려 놀았다.

한참 놀다가 목이 마르면 그는 샘터로 가서 목을 축이곤 했다. 샘물은 바닥의 모래나 자갈 수를 셀 수도 있을 만큼 맑았다. 샘에서는 언제나 물이 흘러 넘치고 있었다. 샘에서 넘치는 물로 이루어진 시내를 따라 수양버들이 그늘을 만들며 늘어서 있었고, 그 너머로는 풀이 우거진 들판이 끝없이 펼쳐져 있었다.

그날도 칠성은 친구들과 어울려 놀다가 별로 목이 마른 것도 아니었는데 운명에 이끌리듯 샘터로 갔다. 샘가에서 몸을 굽혔을 때, 그는 거울같이 맑은 물 속에 제 그림자와 나란히 비친 먹딸기 잎에서 막 깨고 있는 벌레 한 마리를 보았다. 그는 먹딸기 잎 쪽으로 고개를 돌렸다. 몽롱한 표정을 한 채 깨고 있는 그 벌레는 아주 예쁘게 생긴 암컷이었다. 그는 새로 깨어난 그 암컷에게 첫눈에 반하고 말았다. 한참 넋을 놓고 바라보고 있는데, 갑자기 그녀가 풀잎을 박차고 하늘 높이 날아올랐다. 햇빛에 얼비친 그녀의 딱지 날개가 눈부신 금빛으로 반짝였다. 칠성은 그 광경에 놀란 나머지 저한테도 날개가 있다는 걸 깜빡 잊을 뻔했다.

칠성은 은빛 물결이 회오리치는 날개를 파닥여 하늘 높이 떠오르며 말했다.

"빛나는 해님과 포근한 달님, 그리고 행운의 여신이여. 저 아름다운 암컷을 사랑하옵니다. 제게 그녀의 사랑을 얻을 수 있는 지혜를 주소서."

이윽고 칠성은 그녀 위에서 날고 있었다. 안타깝게도 그녀는 날기만 할 뿐 그에게 눈길조차 주지 않았다. 그녀는 갓 깬 벌레 치고 너무 빠르고 높이 날고 있었다.

"제발 천천히 날아요. 심술궂은 회오리바람이 불면 그 아름다운 날개가 부서질지도 몰라요. 바람이 세다 싶으면 날개를 접었다 폈다 해요. 더 높이 날지는 말아요. 날개에 모든 것을 의지해서는 안 돼요."

그때였다. 갑자기 그녀가 딱지 날개를 파닥이며 멈칫거렸다. 그러더니 곧 뒷날개를 접고 빙글빙글 돌면서 밑으로 떨어지기 시작했다.

"땅으로 내려가려면 날개를 어떻게 하나요?"

그녀의 다급한 목소리가 들렸다. 당황한 것은 그도 마찬가지였다. 입을 굳게 다문 채 날기만 하던 그녀가 느닷없이 구원을 청했지만, 그는 뭘 어떻게 해야 할지 아무 생각도 나지 않았다. 그녀는 점점 빠른 속도로 땅을 향해 떨어졌다.

「여뀌와 숲바람」 57x86cm 한지에 채색 2002

"날개를 펴요! 바람을, 하강 기류를 타요!"

그가 비로소 정신을 차리고 그녀에게 일러 줬다. 그러나 이미 너무 늦은 듯했다. 그녀는 맹렬한 속도로 땅으로 곤두박질치고 있었다. 이제 그녀의 죽음은 막을 수가 없었다. 죽음에 입맞추는 그녀를 보고 싶지 않아 그는 차라리 눈을 감고 말았다.

'그녀가 죽은 건 내 탓이야. 조금만 정신을 차렸으면 살릴 수 있었는데. 아, 운명이 이런 식으로 나를 시험하다니……'

"내 탓이야……."

칠성의 입가에서 헛소리가 새어나왔다. 그는 의식이 오락가락 하는 상태에서 잠깐 눈을 떴다. 사나운 바람이 숲을 뒤흔들고 있었다. 그는 뼛속까지 한기가 스며드는 것을 느끼며 다시 뒤숭숭한 잠 속으로 빠져 들었다.

　낙원에 이상한 조짐이 나타나기 시작했다. 산에서 돌 무더기가 굴러 떨어지는 일이 잦아진 것이다. 처음에 곤충들은 그럴 수 있겠거니 생각 했다. 그런데 사태는 차츰 심각해졌다. 알고 보니 돌무더기는 산꼭대기 쪽에 있던 얼음이 미끄러져 내려오면서 땅을 깎고 바위를 부수는 바람 에 굴러 떨어진 것이었다. 얼음은 산을 타고 내려와 여러 날 뒤에는 곤 충들이 모여 사는 숲에 이르렀다. 참 맹랑한 일이었다. 얼음이 밀려들 면서 숲의 날씨는 하루가 다르게 추워졌다. 이렇게 환경이 바뀌더니 얼 마 지나지 않아 숲은 엉망진창이 됐다. 풀은 누렇게 시들어 죽고, 나무 는 잎을 떨어뜨린 채 얼어 갔다. 이제 곤충들은 거기가 낙원이라는 것 을 믿으려 하지 않았다. 숲에는 걸핏하면 눈보라가 쳤고, 멀리 보이는 들판까지 온통 눈에 덮여 버렸다.

　곤충들은 덜덜 떨면서 낙원을 등지고 떠나야 했다. 너무 추웠으므로 그들은 해가 뜨는 동쪽으로 이주했다. 한때 낙원으로 믿고 살던 고향을 떠나 그들은 동으로, 동으로 마냥 밀려갔다. 춥기도 했지만 먹거리를 찾는 게 커다란 과제였다. 그들은 이주하는 동안 줄곧 굶주림에 시달려 야 했다. 이윽고 그들은 예전 같으면 누구도 먹으려 하지 않던 소나무, 전나무, 느릅나무, 떡갈나무 따위를 먹기 시작했다. 그러나 얼마 가지 않아 그런 나무들도 구경할 수가 없게 됐다. 나아갈수록 나무 한 그루, 풀 한 포기 찾아보기 어려운 황무지가 펼쳐졌기 때문이다. 굶어 죽는 곤충들이 차츰 늘었다. 눈이 뒤집힌 곤충들은 굶어 죽은 동료의 주검까 지 먹기 시작했다. 칠성은 하루가 다르게 타락하는 곤충들을 보며 두려움에 떨었다.

　곤충들은 날로 변해 갔다. 생김새가 비슷한 곤충끼리 뭉치는 양상이 나타난 것은 낙원에서 떠난 지 석 달 만의 일이었다. 잠자리는 잠자리끼리, 노린재는 노린재끼리, 메뚜기는 메뚜기끼리, 딱정벌레는 딱정벌레끼리 힘을 합쳐 저희와 닮지 않은 힘없는 곤충들을 습격해서 잡아먹기 시작한 것이다. 무리 사이에는 살아 있는 곤충까지 먹어 버리는 끔찍한 일이 날마다 벌어졌다. 그들은 서로 싸워 이긴 쪽이 진 쪽을 잡아먹는 짓을 되풀이했다.

　이렇게 처참한 일이 끊임없이 벌어지자 무리는 차츰 흩어지기 시작했다. 곤충들은 살길을 찾아 사방 팔방으로 흩어졌고, 잡아먹기 위해 다른 곤충들을 따라가는 곤충들도 있었다. 칠성은 동그스름한 딱지 날개로 몸을 보호하는 무당벌레 패거리에 가담했다.

　어느 날이었다. 무당벌레 패거리는 마른 나뭇가지에 숨어서 기생벌 패거리를 기다리고 있었다. 칠성은 흥분과 초조 때문에 저도 모르게 침을 꼴깍 삼켰다. 기생벌들이 오는 소리가 들리자, 그는 두 눈을 부릅떴다. 기생벌 패거리는 망설임 없이 다가왔고, 마침내 먹을지 먹힐지 알 수 없는 치열한 전투가 시작됐다.

　칠성은 힘을 다해 무당벌레좀벌에 맞서 싸웠다. 그러나 살기를 내뿜으며 덤비는 무당벌레좀벌의 힘을 당할 수가 없었다. 얼마 뒤 그는 비틀대며 쓰러졌다. 얼른 죽은 시늉을 할 수밖에 없었다. 다리를 오므리고 땅으로 굴러 떨어진 그는 다리 마디에서 쓴맛이 나는 액체를 흘리는 것도 잊지 않았다. 그러나 무당벌레좀벌 앞에서는 죽은 시늉도 통하지 않았다. 곧바로 검은 그림자가 그를 덮었다.

　'이제 꼼짝없이 죽는구나.'

그는 모든 걸 포기하고 눈을 감았다. 갑자기 천둥 같은 목소리가 들려 왔다.

"눈을 뜨고 일어나 당장 여기서 떠나라! 앞으로 이쪽에는 얼씬도 하지 마라! 어떠냐? 말로 일러주는 것보다 실제로 보여 주는 게 훨씬 도움이 됐을 테지."

칠성은 눈을 떴다. 좀벌이 엄숙한 표정으로 그를 내려다보고 있었다.

"이 싸움은 네가 나설 자리가 아니다. 까마득한 옛날에 벌어진 싸움이니까! 선대의 치욕스런 삶을 너에게 덧씌우고 싶지는 않다."

좀벌의 목소리는 우렁찼고, 부리부리한 눈은 예언자처럼 빛났다. 좀벌은 요즘의 일과 지난 일, 그리고 앞으로 올 일을 다 꿰뚫고 있는 듯했다.

"저를 살려 주는 겁니까?"

칠성은 달리 할 말이 없었다.

"그렇다. 정신 차려라! 네가 꿈꾸는 그런 낙원은 이 지상 어디에도 없다. 만약 낙원이 있다면, 네가 알에서 깬 곳이 바로 낙원일 것이다. 이제 알았으면 어서 돌아가라!"

날이 밝았다. 밤새 몰아치던 바람은 잦아들고, 해가 떠올라 누리를 구석구석 비추었다. 햇살이 들자, 가랑잎 밑에서 돌덩이처럼 움직이지 않던 칠성이 문득 눈을 떴다. 얼마 동안 잤는지 알 수 없었다. 그는 자리에서 일어나 동쪽으로 길을 잡아 떠났다. 그쪽은 고향 숲으로 가는 길이었다.

죽을 때가 다가온 듯하면 제가 나고 자란 곳을 그리워하는 것 또한 곤충들의 본능 가운데 하나였다. 칠성은 살아서 돌아가야 무당을 다시 만날 수 있다는 생각에 새삼스럽게 이를 악물었다. 다행히 진딧물 몇

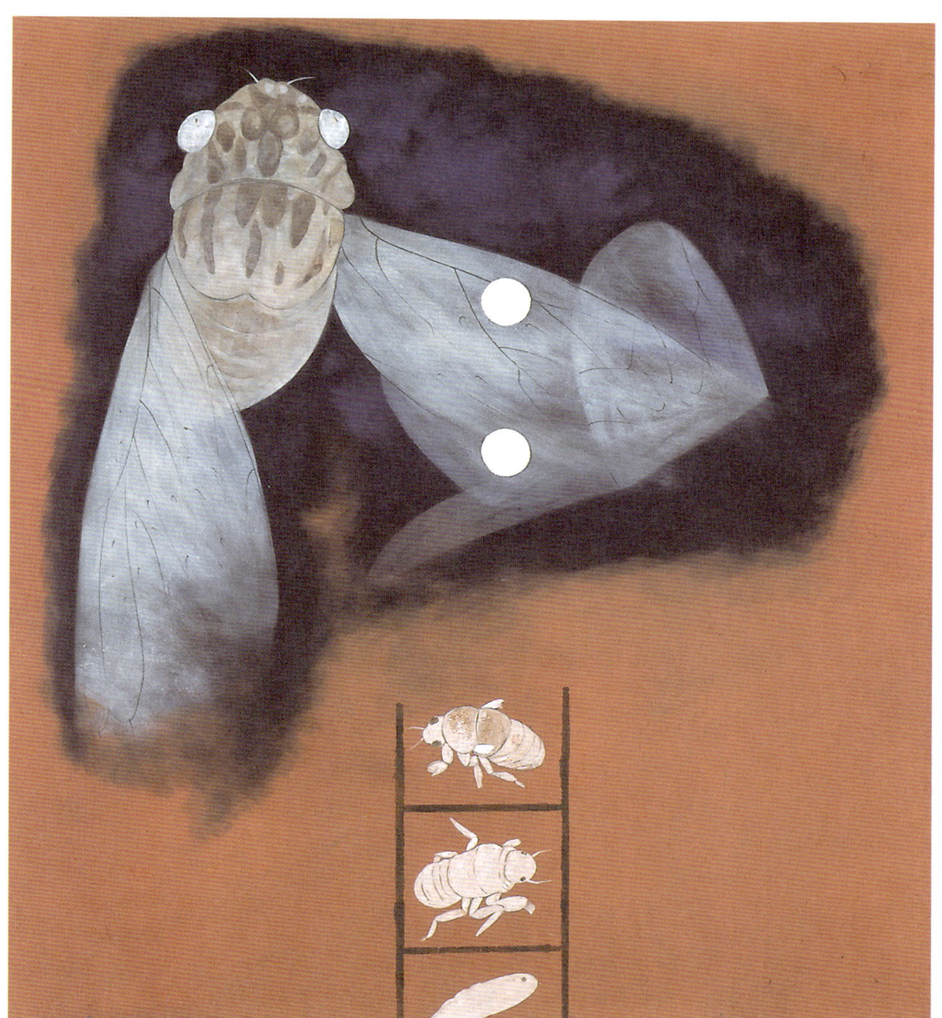

「소리」 80×70cm 한지에 채색 1995

마리가 눈에 띄어 그는 오랜만에 배를 채운 뒤 다시 걸음을 재촉했다.

먹구름이 하늘을 덮더니 빗방울이 떨어지기 시작했다. 빗방울은 차츰 굵어져서 이내 물 폭탄으로 변했다. 큰 소리를 내며 떨어지는 물 폭탄들로 말미암아 땅거죽 곳곳에 마구 구멍이 파였다. 곧 물줄기가 생기는가 싶더니 이윽고 큰물이 져서 땅 위에 나와 있던 개미들을 휩쓸어 갔다. 비는 고향으로 돌아가는 길을 물바다로 만들며 세차게 쏟아졌다. 칠성은 비를 피할 곳을 찾아 숲으로 들어갔다. 그 숲에는 비를 피하고 있는 곤충들이 많았다. 칠성의 눈에는 그들이 모두 깨달음을 얻고 고향으로 돌아가는 고행자로 보였다.

「생生」 31x47cm 한지에 드로잉 1999

풀숲에는 보랏빛 주름 장식을 달고 흰 밥알을 입에 문 며느리밥풀꽃들이 점점이 피어 있었다. 그 속에서 벌들이 꿀을 모으느라 부산스레 돌아다니고 있는 게 보였다. 무당은 햇볕에 그을린 얼굴로 해시계를 돌아봤다. 늙은 해바라기 해시계는 세 시를 가리키고 있었다. 그녀는 지쳐 있는 듯 보였다. 보리나무 숲 여기저기서 늦털매미 소리가 폭포수처럼 쏟아졌다. 그녀는 그날 따라 매미 소리가 짜증스러웠다.

'아유, 저 지겨운 매미 소리! 귀신들은 다 뭐하는지 몰라. 에라, 이 빌어먹을 어른벌레들아! 네 자식들은 땅 속에서 푹푹 썩으라고 해라.'

무당은 속으로 매미들에게 들입다 욕을 퍼부었다. 해가 다시 구름 속으로 들어갔다. 하늘을 보니 머리 위쪽에서 잠자리 몇 마리가 맴을 돌았다. 갑자기 바람이 세지는 느낌이었다. 멀리 산너머에서 먹구름이 몰려오고 있었다. 그녀는 먹구름에 쫓기듯 걸음을 재촉했다. 차츰 잦아드는가 싶던 늦털매미 소리가 어느 순간 뚝 끊겼다.

"아무래도 한바탕 퍼부으려나 본데."

무당은 혼잣말을 하고는 서둘러 비를 피할 곳을 찾았다. 곧 날이 어둑어둑해지더니 바람에 섞여 후두둑 빗방울이 떨어지기 시작했다. 비는 땅을 적시는가 싶더니 잠깐 사이에 고랑을 타고 흘러넘쳤다. 바람까지 거세서 그녀는 몸을 가누기가 쉽지 않았다. 비바람 때문에 한기를 느낀 그녀가 어깨를 부르르 떨었다.

'웬 찬비가 이렇게 온담. 우박이나 내리지 말았으면 좋으련만……'

빗줄기는 더 굵어졌고 땅에 물이 고여서 발 디딜 곳을 찾기가 쉽지 않았다. 그녀는 비바람과 싸우며 숲으로 들어갔다.

그 숲에는 비를 긋는 애벌레들이 많이 모여 있었다. 애벌레들은 젖은 몸으로 오들오들 떨며 비가 그치기를 기다렸을 뿐 아무도 말이 없었다. 무당의 눈에 그들은 순례자의 길을 가다 비바람을 만나서 잠깐 숲에 들른 애벌레들로 보였다.

"아유, 으슬으슬해. 이 비가 언제 그치려나?"

무당은 다른 애벌레들 곁에 쪼그리고 앉으며 중얼거렸다.

"참고 기다리라구."

누가 그녀에게 말했다.

"참고 기다리라고?"

"그럼 달리 뭘 어쩌겠니? 비가 오면 그 비를 맞거나 피한 뒤에 그치길 기다릴 수밖에."

"누가 뭐라나? 비가 하도 차가워서 하는 말이지……."

"비는 곧 물이야. 차갑든 따뜻하든, 생명의 근원인 물을 원망하면 안 돼."

"누군진 몰라도 무게 깨나 잡으시네."

그녀는 중얼거리며 주변을 둘러봤다. 거기에는 애벌레들만 있는 것이 아니었다. 풀잠자리도 있었고, 꽃등에도 있었고, 기생벌도 있었고, 잠자리도 있었다.

"아니, 웬 어른벌레들이 이렇게 많아?"

그녀는 놀라서 말했다.

"그래, 우리도 애벌레 시절이 있었지. 어른들을 보고 무서워할 건 없어. 지금은 다들 비를 피하고 있는 거니까. 게다가 애벌레든 어른벌레든 모두 곤충이긴 마찬가지니까 되도록 서로 도우며 살아야지."

말을 하고 있는 곤충은 꽃등에였다. 그녀는 어른벌레 가운데 누가 저를 잡아먹으려고 들지나 않을까 싶어 걱정스러웠으나 꽃등에의 말을 듣고는 그 자리에 있어 보기로 했다. 꽃등에는 비가 내리는 하늘을 보며 말을 이었다.

"옛날 얘기를 한 가지 해 줄까? 까마득한 옛적, 그러니까 여기 있는 곤충들은 아무도 깨어나기 전의 일이야. 오랫동안 하늘이 비를 내려 주지 않았어. 하늘에는 구름 한 점 없었고, 햇빛과 땅의 열기로 풀이며 나무가 타들어 갔어. 꽃은 시들어 버리고 풀잎과 나뭇잎은 말라비틀어져 앙상한 줄기만 남게 됐지. 강이 바닥을 드러내고, 숲을 가로질러 흐르던 물도 말라 버려 골짜기엔 먼지만 일었어. 그때까지 물이 마르지 않은 곳은 딱 한 군데밖에 없었지. 깊은 숲 속에 자리잡고 있던 옹달샘이었어. 옹달샘에선 아직 맑은 물이 솟고 있었지. 숲에서 살던 곤충들은 물을 찾아 그 옹달샘으로 모여들었어. 그런데 어른벌레들은 얼마 뒤부

터 아무도 물을 마시려고 들지 않았대. 애벌레들을 위해 옹달샘의 물을
남겨 두려고 한 거지. 저희가 죽더라도 애벌레들은 살아야 한다고 생각
한 거야. 어른벌레들은 애벌레들을 살리는 게 저희가 다시 사는 길이라
고 믿었어. 바꿔 말하면 대를 잇는 게 무엇보다 중요하다고 믿은 거지.
그래서 어른벌레들은 숨을 거두면서도 자연을 원망하진 않았어. 애벌
레들이 저희의 목숨을 이을 거라고 생각했으니까. 그런데 워낙 가물다
보니까 옹달샘도 오래가지는 못했어. 샘에서 나오는 물이 차츰 줄더니
나중에는 말라붙어 버린 거야. 애벌레들은 그걸 보고 모두 슬퍼했지.
생기를 잃은 애벌레들은 날로 여위어 갔어. 차츰 숨쉬기가 어려워지고
살갗은 트면서 핏줄이 당기더니 헛바늘까지 돋았지. 애벌레들은 너무
힘든 나머지 차라리 죽음이 저희를 데려가길 바랐어. 모든 고통에서 풀
려나는 길은 죽음밖에 없다고 생각한 거야. 자꾸 여위면서 몸뚱이가 오
그라들던 애벌레들은 얼마 뒤 팔다리까지 옆구리에 붙어 버렸어. 예전
에 비해 아주 흉측한 몰골이 되고 만 거지. 가까스로 숨이 붙어 있던 몸
뚱이는 햇볕을 받아 갈라터지며 허물을 벗었어. 허물을 벗은 애벌레들
은 저마다 번데기가 됐지.”

　‘번데기…… . 번데기?’

　무당은 졸면서도 번데기라는 말을 속으로 되뇌었다.

　비는 좀처럼 그칠 낌새가 없었다. 멀리 보이는 강과 바다도 묵묵히
빗방울을 삼키고 있었다. 바람이 불어 꽃과 잎에서 물방울이 흩날리고
풀이 자주 흔들렸다.

　무당은 자꾸 졸렸다. 꽃등에의 말이 길기도 했지만, 무엇보다 발품을
팔며 돌아다니느라 고단했기 때문이었다. 이따금 선득선득 추위를 느
끼면서도 그녀는 졸음을 물리칠 수가 없었다. 꽃등에가 말을 그친 뒤에

「응시」 120×100cm 한지에 채색 1994

는 아무도 입을 열지 않았다. 오래도록 빗소리만 저 홀로 가늘어지기도 하고 굵어지기도 했다. 이런 빗소리는 오히려 정적의 울타리를 단단하게 만들어 줄 뿐이었다. 덤불 속 깊숙한 곳에서 비를 그으며 끄덕끄덕 졸던 무당은 이내 잠 속으로 빠져들었다.

　무당은 아침을 먹으려고 이슬이 채 마르지 않은 풀숲으로 갔다. 향기롭고 고소한 보랏빛 진딧물이 걸리면 좋겠다고 생각하며 그녀는 덤불을 돌아다녔다. 쐐기풀 사이를 지나 강아지풀 줄기를 타고 오를 때였다. 그녀는 아무래도 누가 저를 보고 있다는 느낌이 들었다. 걸음을 멈추고 주변을 둘러보던 그녀는 가슴이 철렁했다. 건너편 강아지풀에서 사마귀가 이쪽을 노려보고 있었다. 세모꼴 얼굴, 크게 부라린 두 눈, 가위톱처럼 생긴 앞다리…….
　“너, 잘 걸렸다!”
　사마귀는 입가에 싸늘한 웃음을 흘리며 불쑥 말했다. 무당은 너무 놀라서 오줌을 찔끔 지리고는 풀숲을 헤치며 달아났다. 사마귀가 곧바로 뒤를 쫓기 시작했다. 그 암컷 사마귀는 살아 있는 벌레만 보면 닥치는 대로 잡아먹으려고 드는 걸로 숲에서 악명이 높았다. 얼마나 흉측한지 저하고 짝짓기를 한 수컷 사마귀마저 잡아먹었다는 말까지 나돌았다. 한 마디로, 그 암컷 사마귀는 무시무시한 괴물이었다.
　잡히면 끝장이라는 생각에 무당은 잰 걸음을 놀렸다. 걸음을 옮길 때마다 그녀의 엉덩이가 실룩거렸다. 햇빛 아래서 달아나는 그녀의 모습은 늪가에 이는 잔물결 같기도 했고, 도랑을 따라 흐르는 물 같기도 했다. 그러나 사마귀는 넓은 보폭으로 성큼성큼 따라와 그녀와의 거리를 점점 좁혔다. 그녀는 더 달아날 길이 없다고 여긴 나머지 앞에 서 있는 오동나무를 타고 기어올랐다. 이제 지쳐서 그녀에겐 사마귀를 따돌릴 만한 힘이 남아 있지 않았다. 오동나무 가지에 이르렀을 즈음에는 마침내 사마귀의 입김이 그녀의 등에 닿았다. 그녀는 마지막 힘을 다해 달아나려고 했으나, 이상하게도 도무지 다리가 떨어지지 않았다. 마치 다리가 송진 구덩이에 파묻힌 것 같았다. 그녀는 절망에 빠져 속으로 외쳤다.

'아, 날개가 있었다면! 숲의 정령들에게 빕니다. 얼른 나를 숨겨 줘요. 나뭇잎이라도 덮어 줘요. 제발 저 무서운 사마귀의 손아귀에서 날 구해 줘요.'

그녀는 나뭇가지에 매달려 눈을 감고 마지막으로 사랑하는 이의 이름을 불렀다.

"칠성아!"

그러자 갑자기 무당의 몸이 오그라들더니 팔다리가 옆구리에 붙어 버렸다. 그녀는 왜 제가 그런 이상한 몸매를 갖게 됐는지 알 수가 없었다. 그녀가 어리둥절한 채로 나뭇가지에 매달려 있는 동안, 몸뚱이는 머리 쪽부터 갈라지더니 이내 허물을 벗고 속살을 드러내기 시작했다. 속살이 드러난 몸뚱이가 여리게 떨렸다. 그녀는 사마귀한테 제 알몸을 보여 주는 것 같아서 심한 수치감이 들었다. 그녀의 몸뚱이에서 식은땀이 흘렀다.

"무당아!"

어디선가 귀에 익은 목소리가 들려 왔다. 무당은 그 소리에 저도 모르게 눈을 떴다. 꿈에서 깨어나 현실로 돌아왔으나, 그녀는 아직도 모든 게 어리둥절했다.

“무당아, 나야 나, 칠성이!”

그녀는 소리나는 쪽으로 고개를 돌렸다. 곁에서 누가 그녀를 보고 있었다. 그가 누구인지 그녀는 얼른 알아볼 수가 없었다. 잠깐 그의 얼굴을 보고 있던 그녀가 가까스로 입을 열었다.

“아니…… 이, 이게 누구야?”

그녀는 더듬거리며 말했다. 바로 옆에 칠성이 와 있었다. 그토록 찾아 헤매던 칠성이 눈앞에 나타난 것이다. 그녀는 눈앞에 펼쳐지고 있는 장면이 꿈인지 생시인지 잘 가늠이 되지 않았다.

“이런 데서 널 만날 줄은 몰랐다. 그래, 그 동안 어떻게 지냈니?”

칠성이 이렇게 말했을 때에야 그녀는 비로소 눈앞의 장면이 모두 현실 속에서 일어나고 있는 것임을 알아차렸다.

“정말 칠성이 맞지? 칠성아!”

무당은 목을 뻗어 칠성의 등을 쓰다듬었다. 눈물이 그녀의 뺨을 타고 흘러내렸다. 반가움과 기쁨 그리고 원망이 뒤범벅된 눈물이었다.

“어디 있다가 이제 나타난 거야? 내가 널 얼마나 찾아다녔는지 알아?”

칠성은 말없이 눈물만 글썽였다. 다시 그의 얼굴을 마주본 그녀는 심장 언저리에서 경련이 일어나는 것을 느꼈다. 그는 꼴이 말이 아니었다. 검게 탄 얼굴에 바싹 말라 버린 몸뚱이…… 그녀가 첫눈에 그를 알아보지 못한 것도 무리가 아니었다. 그녀는 말라비틀어진 그를 끌어안으며 말했다.

“참 많이 변했구나. 어디 아픈 데는 없니?”

그녀는 자꾸 눈물이 나는 것을 어쩔 수 없었다. 그런데 품에 안긴 칠성이 아무래도 이상했다. 끊임없이 꿈틀대는 몸에서 지나치다 싶을 만

큼 열이 나고 있었다. 그녀는 팔을 거두고 그의 낯빛을 살폈다. 고통을 견디는 듯 그의 얼굴은 심하게 일그러져 있었다.

"몸이 부서져 버릴 거 같아……."

칠성이 열에 들뜬 목소리로 중얼거렸다. 무당은 극도의 불안감 속에서 울음을 섞어 소리쳤다.

"왜 그래? 칠성아, 왜 그래? 어디 아픈 거야?"

칠성은 힘겹게 고개를 들어 무당에게 눈길을 줬다. 그녀는 파랗게 질려 있었다.

"어른이 된다는 게 이런 건가……."

칠성은 불안한 눈빛으로 수수께끼 같은 말을 중얼거렸다. 그러고는 저한테서 일어나고 있는 모든 일을 고스란히 받아들이기라도 하듯이 지그시 눈을 감았다.

무당은 겁에 질린 채 칠성의 몸이 변해 가는 것을 보고 있었다. 그녀는 제 눈앞에서 지금 무슨 일이 벌어지고 있는 것인지 알 수가 없었다. 그의 팔다리가 오므라들더니 몸뚱이에 붙었고, 살갗이 차츰 까맣게 변색됐다. 이어 껍질을 벗으며 그의 등이 갈라 터지기 시작하는 것을 보고 그녀는 울음을 터뜨렸다. 그가 죽음 속으로 빨려 드는 것이 틀림없어 보였기 때문이다.

"으아, 죽으면 안 돼! 나를 두고 죽으면 안 돼!"

무당은 제 머리를 감싸며 소리쳤다. 이렇게 끔찍한 일이 벌어지다니 그녀는 믿을 수가 없었다. 다시 만나자마자 죽음이 둘 사이를 갈라놓으려 하고 있었다. 그녀는 제 운명을 저주했다.

얼마 뒤 무당은 칠성의 몸뚱이를 물끄러미 바라보고 있었다. 넋이 나갔는지 그녀의 눈망울이 텅 비어 있는 듯 보였다. 지난 일들을 떠올리

「터」 85×119cm 한지에 채색 2002

자 그녀는 서서히 밀려드는 슬픔에 젖어 갔다. 어깨가 떨리더니 그녀의 입가에서 다시 울음소리가 새어나왔다.

그때, 아까부터 그들을 보고 있던 풀잠자리가 조용히 입을 열어 말했다.

"무릇 있는 바 모든 현상은 다 허망하니, 만약 모든 현상이 진실이 아닌 줄을 알면 죽음이 곧 삶이니라. 모든 것은 우리 몸 속에 있느니라. 이 진리가 평등해서 높고 낮음이 없으니, 이것을 일컬어 삶이라 하느니라. 모든 게 다 끊어져 없어진 것이 진리라고 말하는 일이 없기 때문이니라."

풀잠자리는 알쏭달쏭한 말을 늘어놓더니 걱정스러운 눈빛으로 무당을 돌아봤다. 그녀는 칠성의 몸뚱이 앞에 고개를 숙인 채 붙박여 있었다. 결가부좌한 풀잠자리가 염불을 외우듯 다시 말을 이었다.

"일체 현상계의 모든 생명은 꿈이며 환이며 물거품이며, 그림자 같고 이슬 같고 번개 같은 것이거늘……. 그 수컷은 비록 캄캄한 어둠 속에 잠겨 있을지라도, 바른 길만은 잘 알고 있는 것이니라. 그러니 너도 살아 있다는 생각, 그리고 오래 살겠다는 생각을 마음속에서 없애 버려라. 사랑하는 이를 따라가거라. 그 길이 네가 선택할 수 있는 마지막 길이니라."

풀잠자리의 말을 들은 무당이 다시 어깨를 들먹이며 흐느꼈다. 이제 칠성의 몸뚱이는 완전히 번데기가 돼 버렸다.

소낙비가 그치고, 구름 사이로 해가 얼굴을 내밀었다. 비를 긋던 곤충들이 하나둘씩 자리를 떴다. 무당은 앞에 무엇이 남아 있다고 해도 칠성을 따라 죽는 것만이 제가 갈 길이라고 생각했다. 꼭 풀잠자리의 말을 들었기 때문이 아니었다. 사랑하는 이를 따라 죽는다는 것……. 마음을 정하고 나자 그녀는 이제껏 둘이 함께 겪은 어떤 일도 이보다 더 뜻이 깊지는 않다는 느낌이 들었다. '그래, 죽는 거야. 같이 죽는 거야.'

그녀는 야릇한 충만감에 사로잡혀 속으로 되뇌었다. 바로 그때, 그녀는 어렴풋한 메아리처럼 들려 오는 칠성의 목소리를 들었다.

"참된 사랑은 애벌레를 단번에 어른벌레가 되게 한대……."

무당은 갑자기 머리가 아프면서 정신이 멍해졌다. 곧 기절을 할 것만 같았다. 그녀는 이미 죽기로 마음을 먹고 있던 터라 제 몸에서 일어나는 변화가 조금도 두렵지 않았다. 오히려 입가에 웃음을 머금고 있던 그녀의 얼굴이 어느 순간 달콤한 고통으로 살짝 일그러졌다. 그녀는 한바탕 꿈을 꾸고 있다는 느낌, 알 수 없는 어떤 힘에 잡혀 있다는 느낌을 아울러 받았다. 왜 이런 상태에 빠져들게 됐고, 이것이 무엇을 뜻하는지 그녀는 몰랐으며, 아예 알고 싶지도 않았다. 그런데 얼마 뒤 허물벗기 그리고 탈바꿈이라는 말이 그녀의 몽롱한 의식 속에서 저절로 떠올랐으니, 참 얄궂기도 했다. 그녀는 비로소 이 모든 일에 좀 놀랐다.

무당은 의식을 잃기 직전의 반 귀머거리, 반소경 상태에 빠져 허물을 벗고 번데기로 탈바꿈하는 과정을 거치고 있었다.

'마음을 가라앉히자. 자칫 실패하면 다시 시작할 수도 없는 일이니까.'

그녀는 가느다란 의식의 끈을 붙잡은 채 스스로 이렇게 다짐하며 허물을 마저 벗었다. 그러자 갑자기 피가 거꾸로 솟구치며 온몸이 화끈화끈 타 들어가는 느낌을 받았다. 아리고 쓰라린 시간이 한동안 이어졌다. 얼마 뒤 그녀는 서서히 노곤해지며 몸에서 힘이 빠져나가는 것을 느꼈다.

"걱정 마, 무당아. 조금만 더 견디면 끝나니까."

어디서 칠성의 목소리가 들려 왔다. 사랑하는 이에게 알몸을 보여 주는 것 같아 무당은 그 와중에도 몹시 부끄러웠다. 뚜렷이 부끄럽다는 생각을 한 것이 탈이었는지, 그녀는 그만 맥이 풀리며 기절을 하고 말았다.

제 정신이 들었을 때, 무당은 번데기 속에 갇혀 있었다.

'아니, 어떻게 된 건가……. 왜 이렇게 어두운 거야? 덥긴 또 왜 이렇게 덥고? 이 담벼락 같은 건 뭘까? 참, 칠성이! 칠성이는 어디 갔지?

무당은 칠성을 찾으려고 했지만, 보이는 것이라곤 잿빛 담벼락밖에 없었다. 더구나 그녀는 몸을 거의 움직일 수 없었다. 그녀는 비로소 자신이 번데기 속에 있다는 것을 깨달았다. 빛이 차단된 어두운 방은 찌는 듯한 열기를 품고 있었다. 그녀는 숨이 콱콱 막히는 느낌이었으나, 참아야 한다고 생각했다. 어둠 속에서 희미하게 악마의 웃음소리가 들려 오는 듯했다. 그러나 악마도 죽음도 그녀는 이제 두렵지 않았다.

죽음은 오히려 새로운 삶을 탄생시키고 앞날에 희망을 주는 것이라고 그녀는 받아들였다. 누구한테든 죽음은 새로운 삶의 시작일 것이라고 그녀는 생각했다.

얼마 뒤 무당은 심장에서 나간 피의 마지막 방울이 한참만에 다시 심장으로 돌아오는 것을 느끼고 있었다. 그녀는 제 몸에서 일어나는 온갖 변화를 낱낱이 들여다보고 있는 기분이었다. 몸이 자라면서 마음도 자라는 듯한 뿌듯함이 그녀의 가슴을 온통 채웠다. 그녀는 크게 숨을 들이마셨다. 그러고는 떨리는 손으로 심장이 뛰고 있는 가슴께를 지긋이 눌러 봤다.

막상 겪어 보니, 탈바꿈이라는 것은 스스로 바라던 본래의 형체를 갖추기 위한 막바지 단계인 셈이었다. 머지않아 몸과 마음이 모두 새로날 것임을 그녀는 알 수 있었다. 완전 탈바꿈 과정은 우주의 생성 과정과 비슷한 것일지도 모른다고 그녀는 생각했다.

며칠 뒤, 무당은 몽롱하고 황홀한 반의식 상태로 햇빛에 끌려 나오듯 번데기에서 기어나오고 있었다. 기분 좋은 노곤함과 아직은 긴장되어 있는 힘살의 떨림……. 번데기에서 반쯤 나온 그녀는 어렴풋한 행복감에 사로잡힌 채 깊게 숨을 들이마셨다. 그녀의 얼굴은 다른

「사랑」 27.5×30cm 한지에 채색 2002

표정 없이, 다만 이상한 엄격함으로 아름답게 빛나고 있었다.

무당은 곧 샛노란 날개를 펼쳐 햇볕에 말렸다. 먼저 탈바꿈을 마친 칠성이 경탄 어린 눈길로 그녀를 바라보고 있었다. 균형 잡힌 몸매, 보석처럼 반짝이는 날개, 신비로운 검은 눈동자…….

"아, 어쩌면 저리도 아름다울까! 참 예쁘기도 해라!"

칠성은 들뜨서 주변의 애벌레들에게 말했다.

"저길 좀 봐! 한 암컷이 애벌레의 몸을 벗어버리고 얼마나 아름다운 어른벌레가 됐는지."

문득 무당이 칠성을 돌아보며 소리 없이 웃었다. 둘 사이를 시샘하듯 풀잎이 바람에 살랑살랑 나부꼈다. 그녀는 햇빛에 얼비치는 노란 날개옷을 입고 칠성 곁으로 다가왔다. 그가 무당을 마주보며 말했다.

"사랑해."

"왜 이래? 누가 보잖아."

"보면 좀 어때. 오늘은 어제하고 달라. 우리는 어른이 됐어. 뽀뽀하자, 응?"

그녀는 몹시 부끄러웠다. 아울러 자랑스럽기도 했다.

"자, 다시 한 번……."

칠성과 무당은 다시 입을 맞췄다. 부끄러움과 행복감이 한데 어울려 꽃핀 그들의 사랑은 뜨거운 숨결로 자연의 가슴속으로 파고들었다. 끓어오르는 열정은 그녀의 노란 날개옷을 이윽고 노을 빛으로 물들여 놓았다. 뜨고 질 때의 해를 닮은 성스러운 빛깔로……. 마침내 두 몸은 하나로 합쳐져 칠성무당벌레가 됐다.

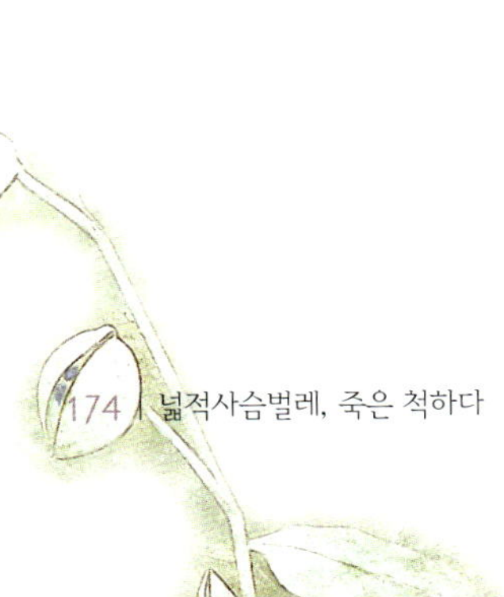

메뚜기 떼, 돌아오다

「병행」160×132cm 한지에 채색 1999

메뚜기 떼, 돌아오다

다음날에는 메뚜기 떼가 구름같이 몰려와서,
온 나라 안의 풀과 나무를 갉아먹었다.

- 구약 성서 모세 편

갖은 알곡과 푸성귀로 뒤덮인 들판이 넓게 펼쳐져 있었다. 한쪽에는 싱싱해 보이는 무와 배추가 자라고 있었고, 다른 한쪽은 콩밭이었다. 그 밑에는 물이 고인 논에 벼가 가득 차 있었다. 벼는 아직 익을 때가 되지 않아서 바람이 불면 푸른빛으로 넘실거리곤 했다.

들판이 끝나는 곳에 산이 솟아 있었다. 산은 가파르고 험한 편이었고, 벼랑도 깎아지른 듯했다. 벼랑에선 나무는 말할 나위 없고 풀 한 포기도 제대로 찾아볼 수 없었다. 다만 눈에 들어오는 것은 벼랑 아래쪽에 있는 조그만 풀밭이었다. 그 풀밭에는 메뚜기 몇 가지가 살고 있었는데, 그들은 먹을 게 모라자서 자주 배를 곯았다.

"우리가 저 들판의 농작물을 다 먹어 치우면 어떨까?"

어느 날, 풀무치가 이웃에서 살고 있는 콩중이에게 말했다. 콩중이는 누가 그 따위 말을 하는지 보려고 고개를 돌렸다. 풀무치는 다시 입을 다문 채 들판 쪽으로 눈길을 주고 있었다. 콩중이는 한 마디 쏘아붙일까 하다가 참기로 했다. 봄이 지나고 여름이 오면서 벼랑 아래쪽 풀밭은 하루가 다르게 시들어 가고 있었다. 메뚜기들은 풀밭과 바위틈에서 지내며 굶기를 밥먹듯 했다. 누렇게 변해 가는 풀잎이 뭘 잘못했는지 바람의 채찍 앞에서 벌벌 떨었다.

"우리가 저 들판의 농작물을 다 먹어 치우면 어떨까?"

풀무치는 다른 쪽에서 살고 있는 팥중이에게 말했다.

"그래, 우리가 아니면 아무도 할 수 없을 거야."

팥중이는 이렇게 대꾸하고 더듬이를 훑은 뒤 벼메뚜기에게 말했다.

"네 생각은 어때?"

벼메뚜기는 들판 쪽을 보고 있다가 팥중이의 말에 고개를 돌렸다. 들판 쪽에서 농약 냄새가 조금 풍겨 오고 있었다.

"정말 그랬으면 좋겠다."

잠깐 뜸을 들인 뒤 벼메뚜기가 말했다. 벼랑 아래쪽 풀밭에는 이 넷 말고는 달리 메뚜기가 없었다.

"들판으로 갈까?"

"그래, 우리 같이 가자."

"농약 냄새는 어떻게 견디려고 그래?"

콩중이가 걱정을 했다.

"여기서 굶어 죽는 거보단 낫잖아."

풀무치가 맞받아 말했다.

"난 싫어. 가고 싶으면 너희끼리 가."

그래서 콩중이는 빠지고, 세 메뚜기가 돌무더기 사이를 지나 들판으로

「여정」 163×258cm 한지에 채색 1995

「일기」 165x406.5cm 한지에 채색 1998

내려갔다. 앞장선 메뚜기는 가장 먼저 말을 꺼낸 바 있는 풀무치였다.

얼마 가지 않아서 그들은 제초제 냄새가 나는 풀밭에서 송장메뚜기를 만났다. 앞서 가던 풀무치는 그를 보고도 그냥 지나치려고 했다.
"송장메뚜기도 데리고 가자."
팥중이가 벼메뚜기에게 말했다.
"그럴까? 어이, 송장메뚜기! 우리랑 같이 가지 않을래? 우린 저 아래 들판으로 가려고 해."

송장메뚜기는 잠깐 망설이더니 말했다.

"좋아, 나도 붙여 줘."

그런데 갑자기 풀무치가 어찔어찔 쓰러지려고 했다. 아직 그 풀밭에 남아 있는 제초제 때문이었다.

"나를 꼭 잡아!"

송장메뚜기가 말했다. 풀무치는 송장메뚜기의 손을 잡고 가까스로 몸을 추슬렀다. 송장메뚜기는 다른 한 손으로 코를 막았다. 다른 메뚜기들도 모두 한 손으로 코를 막고 그 자리에서 벗어났다. 그들은 들판이 있는 쪽으로 걸음을 옮겼다. 송장메뚜기가 풀무치의 손을 잡고 앞에서 내려갔다. 조금 거리를 두고 팥중이가 그들을 따라갔고, 벼메뚜기도 맨 뒤에서 별로 서두르지 않고 걸었다.

들판은 메뚜기들이 다가오는 것을 보고, 산 쪽에서 내려오고 있는 저것들이 뭘까 하고 궁금하게 여겼다. 그들을 살펴보려는 마음에서 들판은 옥수수를 빨리 자라게 했다. 마침 초여름이라 옥수수는 즐거운 듯 훌쩍 자라 송장메뚜기한테 가서 부딪쳤다. 그러자 송장메뚜기가 풀무치의 손을 놓고 빌듯이 말했다.

"옥수수님, 제발 먹게 해 주세요. 저는 조금밖에 먹지 않아요."

옥수수는 잠깐 얼굴을 쳐들었을 뿐 자라기에 바빠서 그에게 따로 신경을 쓰지 않았다. 옥수수 잎이 줄기를 빠져나와 자꾸 커졌다.

"옥수수님, 부디 저도 먹게 해 주세요. 제가 먹어야 얼마나 먹겠어요?"

옥수수는 날카로운 눈으로 쏘아봤지만 송장메뚜기와 마찬가지로 풀무치도 내버려뒀다. 풀무치가 달라붙어 먹는 중에도 옥수수는 자꾸 자랐다. 따로 말도 없이 팥중이까지 줄기를 타고 기어오르고 있었으나,

옥수수는 별로 개의치 않았다.

"여보세요, 옥수수님. 저도 좀 먹으면 안 될까요? 너무 오래 굶어서 보시다시피 뱃가죽이 붙어 버렸어요."

옥수수는 벼메뚜기가 가엾어 보였다. 게걸스럽게 먹는 벼메뚜기를 옥수수는 한동안 넋을 놓고 바라봤다. 그런데 콩중이는 벼메뚜기가 옥수수에게 말을 하기 전부터 이미 달려들어 먹고 있었다. 혼자 풀밭에 남을 것처럼 굴다가 이내 다른 메뚜기들을 몰래 따라온 것이다.

"호호호!"

간지럼을 타면서 옥수수 암술이 커졌다.

"하하하!"

소리쳐 웃으면서 옥수수 수술이 커졌다.

"호호, 하하!"

배를 움켜쥐면서 암술과 수술을 한 몸에 지닌 옥수수가 웃었다.

송장메뚜기와 벼메뚜기와 풀무치와 팥중이와 콩중이가 잎을 다 먹어치운 것도 모른 채 옥수수는 마냥 웃고 있었다. 들판은 옥수수를 보며 너무 오래 웃고 있는 것이 아닐까 걱정스러웠다.

들판의 걱정은 괜한 것이 아니었다. 메뚜기들은 확실히 대식가 기질이 있었다. 뒤늦게 잎을 다 잃은 것을 안 옥수수는 성이 나서 누렇게 변하더니, 그 자리에서 까무러치고 말았다.

"아, 기운이 난다!"

벼메뚜기가 입가를 닦으며 말했다.

풀무치는 배가 불러 땅바닥에 주저앉은 채 아직도 게걸스럽게 옥수수 줄기를 먹고 있는 벼메뚜기를 잠깐 바라봤다. 풀무치가 옥수수 수염을 한 움큼 쥔 채 겨우 몸을 일으켰다. 들판이 눈치채지 않을 수 없을

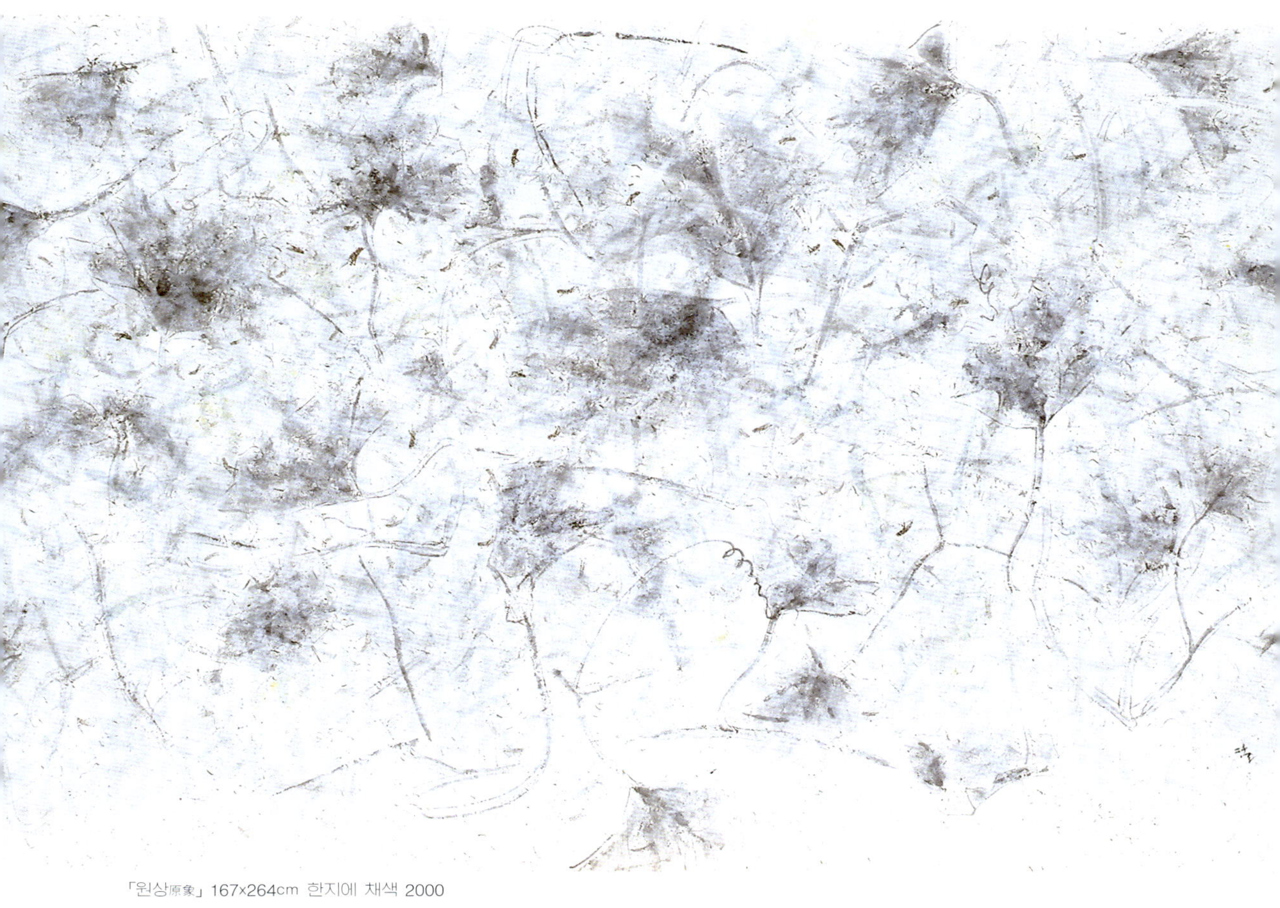

「원상原象」 167×264cm 한지에 채색 2000

「고향꿈」 162×131cm 한지에 채색 2000

만큼 납작 몸을 낮춘 채 발걸음을 옮기던 풀무치가 문득 중얼거렸다.

"다시는 산으로 돌아가지 않을 거야."

콩중이는 풀무치가 어디 가는지 보려고 발돋움을 했다. 무슨 마음을 먹었는지 풀무치는 뒤도 돌아보는 법 없이 길을 갔다. 콩중이는 한 발을 들고 소리 죽여 풀무치 뒤를 쫓았다. 한참 걷던 풀무치가 배추밭으로 들어갔다. 콩중이는 풀무치를 따라갈까 하다가 그보다 더 마음이 끌리는 콩밭으로 발길을 돌렸다.

벼메뚜기는 저희가 떠나온 산언저리 벼랑 쪽을 쳐다봤다. 멀리 떨어져 있어서 그 아래 조그만 풀밭은 잘 보이지 않았다. 이제 논은 가까이 있었다. 벼메뚜기는 오랫동안 먼발치에서 내려다보기만 하던 논으로 걸음을 옮겼다. 논은 벼메뚜기의 고향이었다. 옥수수 잎과 줄기를 먹어 배가 부른 상태였지만, 다시는 배를 곯지 않겠다고 벼메뚜기는 다시 한 번 다짐했다. 벼메뚜기는 논에 닿자마자 벼 잎을 먹기 시작했다. 농약 냄새가 났지만, 생각보다 심하지는 않은 듯했다. 벼메뚜기는 깜부기를 반찬 삼아 벼 잎을 갉아먹었다.

농부들이 예전보다 농약을 덜 친다는 말이 나돌자, 들판에는 이리저리 흩어져 살던 온갖 메뚜기들이 모여들었다. 메뚜기들은 뜨내기 생활을 하는 동안 하도 굶주려서 웬만한 농약 냄새는 견딜 각오를 하고 있었다. 그런데 막상 논밭이며 언저리 풀숲에서 느껴 보니, 실제로 예전보다는 농약 냄새가 덜해서 다들 다행스럽게 여겼다.

여름 햇살 속에서 온갖 메뚜기들이 들판에서 뛰어다녔다. 섬서구가 짝짓기를 하고, 긴꼬리쌕새기가 노래를 하고, 베짱이가 베를 짜고, 모대가리귀뚜라미가 짝을 부르고, 방아깨비가 방아를 찧으며 놀고……

이런 광경을 보고는 들판이 한 마디 했다.

"참 보기 좋구나!"

마침 제비가 지나가다가 건성으로 들판을 내려다봤다. 제비는 뜻밖의 일에 놀라서 멈칫할 수밖에 없었다.

"도대체 제비가 뭘 본 걸까?"

산은 궁금해서 저도 아래를 굽어볼 수 있을 만큼 몸을 내밀었다.

"야, 어쩌면 먹이가 저렇게 많을까!"

제비는 더위를 가르며 부지런히 들판을 오갔다.

얼마 뒤, 논둑에 농부 두 사람이 나타났다. 땀방울이 뚝뚝 떨어지는 잠방이를 걸친 농부가 뒤따라오던 다른 농부에게 말했다.

"자, 보라구! 농약을 덜 치니까 저것들이 돌아왔잖아."

어깨에 삽을 메고 있던 농부가 논둑에 멈추어 선 채 한 손으로 햇빛을 가렸다. 한동안 논을 바라보던 그 농부가 말했다.

"허허, 정말이군. 목숨붙이들이 우리 곁으로 돌아왔어. 메뚜기며 우렁이며 새우며 미꾸라지며 제비가 다시 돌아왔어. 여보게, 우리 한바탕 잔치나 벌이세!"

「그리움」 30x50cm 드로잉 1995

「생生」 120x100cm 한지에 채색 1995

초충을 통해 본 생명가치에 대한 사유

김상철(공평아트센터 관장)

　자연, 혹은 환경에 대한 관심과 연구는 새로운 세기를 상징하는 화두와도 같은 것이라 할 수 있다. 인간이 영위하고 있는 삶의 질과 연계되어 논의되고 있는 환경의 문제는 바로 오늘의 과학 문명이 구가하고 있는 물질적 풍요와 기계화된 사회 속에서 야기되고 있는 다양한 문제들에 대한 반성이자 신중한 대안의 모색이라 할 것이다. 비록 이러한 환경 문제에 대한 논의가 단순히 현상적인 것들에 국한되어 거론되는, 이른바 낭만주의적 자연주의 경향을 띠고 있기는 하지만 분명한 것은 환경이라는 단어가 새로운 세기의 가치관을 대변할 수 있는 강한 상징성을 띠고 있다는 점이다.

　인간과 자연의 관계에 관한 기록은 바로 인류 문명사의 그것에 다름 아닌 것이며, 이에 관한 동서의 가치관은 분명한 차이를 드러내고 있다. 서구 문명의 기독교적 자연관은 자연을 조물주의 피조물로 신의 전능함을 체험하고 창조주의 존재를 증거하는 실체로 찬양하지만 숭배의 대상으로 인식하지는 않는다. 나아가 자연을 찬양하고 연구하며 관리해야 할 신의 작품으로 인식하는 것이 특징이다. 이에 반하여 동양적 자연관은 자연을 궁극적인 합일의 대상으로 인식하는 이른바 천인합일 사상天人合一思想이 근간을 이룬다. 이는 '인간은 자연과 조화를 이루고 살아야 한다' 는 중요한 의미를 포함하고 있는 것으로, 기계 문명에 의한 서구적 자연관으로부터 비롯된 다양한 현실적 문제들에 대한 새로운 접근 방식으로 새삼 관심이 고조되고 있는 것이기도 하다. 즉 서구적 가치관에 의해 야기된 문제를 다시 서구적 방식으로는 해결할 수 없다는 현실 인식이 바로 자연에 대한 가치 인식의 전환을 촉발한 것이다.

작가 김진관金鎭冠의 작업 소재는 이미 너무나도 익숙한 사물들로 이루어져 있다. 물장군, 소금쟁이, 무당벌레, 잠자리, 여뀌와 같이 그 이름부터 친숙하고 친근한 사물들은 어린 시절의 서정과 낭만을 자아내기에 충분한 것들이다. 이러한 소재들은 형태의 엄격함은 물론 생태적 특성까지 정치精緻한 필치로 잘 표출되고 있지만 단순한 도감류와 같은 생태적 사실의 나열이나 상투적인 전원회귀의 감상적 내용으로 제한되는 것이 아니라 여겨진다. 부분적으로 확대, 생략되기도 하고 중첩되며 특정한 이미지를 강조하여 부각시키고 있는 작가의 화면은 보는 이로 하여금 그것이 단순한 자연물이 아니라 일종의 의인화된 대상이 아닐까 하는 상상을 갖게 한다. 앞서 지적한 바와 같이 생태와 환경은 새로운 세기의 가치관을 상정하는 상징적 단어로 작가의 작업이 이러한 내용들과 일정 부분 연계되어 있을 것이라는 점은 쉽게 수긍이 가는 것이다. 그러나 보다 중요한 것은 이러한 소재의 선택과 조형적 표현 과정을 통하여 은밀하게 드러나고 있는 대상에 대한 접근 방식과 이의 조형화 과정에서 첨가된 작가의 가치관일 것이다. 만약 작가의 작업이 단순한 생태 묘사, 혹은 서정적 동심의 그것에 국한되는 단순한 것이 아니라 한다면, 이는 작가의 작업을 읽어 낼 수 있는 관건적 내용이라 할 수 있을 것이다.

마치 정교한 기계 미학의 결정체를 보는 듯한 곤충들의 생태 구조의 표현은 물론 한갓 이름 모를 야생화로 치부되어 버리기 마련인 작은 꽃들의 묘사에 이르기까지 작가는 섬세하고 담담한 필촉으로 이들을 어김없이 수용하고 있다. 이렇게 구축되어진 화면들은 마치 깔끔하고 정갈하게 잘 차려진 음식과도 같이 맑고 담백한 것이 특징이다. 보는 이에게 이미 정해진 일정한 틀에 의하여 느낌과 감동을 강요하기보다는 차분한 어조로 조심스럽게 설명하는 듯한 작가의 화면은 이미 익숙한 사물들과 내용들이기에, 또 그것을 표출해 내고 있는 조형의 안정성 때문에 매우 편안하게 보는 이에게 다가온다. 사실 작가의 작업과 같이 곤충이나 화초들을 소재로 삼는 초충도草蟲圖는 전통적인 화목 중 하나로 특유의 관찰 방법과 감상법을 지니고 있는 것이다. 동양 회화의 여타 장르가 모두 그러하듯이 초충 역시 대상의 객관적인 형상 재현에 궁극적 가치를 두는 것이 아니라 그것이 지니고 있는 생명의 기운, 즉 생기生氣의 표출을 첫 번째 덕목으로 삼는 것이다. 초충을 사생寫生이라 일컬었던 것은 바로 이러한 연유이다.

살아 숨쉬는 생명의 기운을 포착하고 표현한다고 하는 것은 바로 대상의 생명 가치에 대한 긍정이며, 그 가치를 인간의 그것과 동일한 것으로 여기는 것이다. 이는 바로 자연의 인간화이자 인간의 자연화라 할 수 있을 것이며, 다름 아닌 천인합일의 그것인 것이다. 이는 자연에 대한 인간이 할 수 있는 최고의 찬사인 것이다. 생명의 기운은 단순한 봄觀으로써는 이를 수 없는 것으로 섬세하고 깊이 있는 살핌察을 통해서만이 다다를 수 있는 것이다. 본다는 것은 대상과 일정한 대립 관계가 존재하는 것이며, 살핀다는 것은 대상과의 융합, 혹은 합일을 말하는 것이다. 작가의 작업이 비록 이미 익히 익숙한 친근한 소재를 다룬 것임에도 불구하고 전혀 새로운 시각적 감성으로 다가오는 것은 바로 이러한 기운의 포착과 표출에 일정한 성과를 거두었기 때문이라 할 수 있을 것이다.

만약 작가의 작업을 단지 대상의 생태 묘사나 채색의 기교 등 제한적인 내용들로만 평가한다면 이는 지나치게 표피적인 감상에 머무르게 될 것이다. 물론 작가의 작업은 재료에 대한 분명하고 확실한 이해와 기능적 발휘를 유감없이 보여주고 있다. 잘 다듬어진 정치한 화면 바탕은 색채를 반복적으로 축적하는 과정을 통하여 비로소 구축된 것으로 단순한 배경 이상의 심미적 효과를 지니고 있는 것이다. 더불어 이를 바탕으로 피어나듯이 드러나는 갖가지 곤충과 야생화의 형상들은 마치 그것이 현상계의 것이 아닌 피안의 상징체와 같은 신비로운 분위기를 자아낸다. 형形을 빌어 정신적인 것神을 표현한다고 한다. 적어도 작가의 작업은 형과 신이라는 두 가지 내용과 가치에 대한 적절한 조화와 균형을 유지하는 것으로, 형식과 내용, 기능과 사상이 상호 유기적으로 결합하는 합리적인 화면의 묘를 보여주고 있다 할 것이다. 형식은 내용을 담는 그릇일 뿐이다. 보다 중요한 것은 이러한 형식들을 통하여 작가가 전해 주고자 하는 내용일 것이다. 생명의 기운, 혹은 그것이 지니고 있는 필연적인 순환의 과정을 담담하고 애정 있는 눈으로 침착하게 살피고 기록하는 작가의 작업은 그럼으로 단순한 도감류적인 서술과는 분명 다른 것이다.

인간의 삶이 그러하듯이 자연계 역시 생성과 소멸이라는 필연적인 순환의 질서가 있게 마련이다. 혐오스럽기까지 한 애벌레에서 탈바꿈 과정을 통하여 마침내 찬란한 비상의 날개를 펼치는 곤충들의 일생은 차라리 한 편의 곡절 많은 드라마와도 같은 것이다. 작가는 이를 냉정한 관찰자의 시각이 아닌 일정한 정감과 정서를 바탕으로 접근하고 있다. 이는 대상물들을 자연이라는 커다란 생명 공동체의 일원으로 이해하고 인식할 때 비로소 가능한 것이다. 즉 작가는 사계의 변화에 따른 생명의 변환과 그것에 대한 애정과 연민을 곤충과 야생화라는 생태적 지표를 통하여 상징적이고 함축적으로 표출해 내고 있는 것이다. 이러한 거시적 범주 안에서는 인간과 곤충, 혹은 자연의 구분은 의미 없는 일일 수밖에 없으며, 모두 등가의 가치를 지니게 되는 것이다. 작가가 새삼 초충이라는 전통적인 조형 가치 속에서 새로운 세기의 화두를 상기시킬 수 있음은 흥미로운 것이다. 굳이 전통의 재발견 같은 거창한 말이 아니더라도 작가의 조형적 제기는 분명 오늘에 있어 의미심장한 가치를 지니는 것이며, 그 조형의 견고함은 혼돈의 상황에 처해 있는 한국 화단에 건강하고 탄탄한 작가의 존재를 새삼 각인시키기에 부족함이 없는 것이라 할 것이다.

김정환 金丁煥

곤충학자
고려곤충연구소 소장
한국곤충학회 이사
한국동물분류학회 회원
환경운동연합 지도위원
환경교육센터 이사

저 서
「한국산 나비의 역사와 일본 특산종 나비의 기원」
(1991, 집현사)
「땅에서 하늘로」(1992, 현암사)
「우리가 정말 알아야 할 우리 나비 백가지」(1992, 현암사)
「비무장지대의 곤충」(1996, 과학동아)
「토박이 곤충에 관한 37가지 이야기」(1996, 지성사)
「곤충마을에서 생긴 일」(1996, 창작과 비평사)
「한국의 잠자리, 메뚜기」(1998, 교학사)
「한국의 딱정벌레」(2001, 교학사)
「곤충의 사생활 엿보기」(2001, 당대)

방 송
KBS 1TV 「북한산은 살아있다」(자문, 1992년 방영)
KBS 1TV 「천연원시림 진동계곡」(자문, 1994년 방영)
KBS 1TV 「DMZ는 살아있다」(출연, 1995년 방영)
EBS 「야생의 성역, 비무장지대」(출연, 1996년 방영)
EBS 하나 뿐인 지구 「계방산의 우리 곤충 이야기」
    (출연, 1995년 방영)
KBS 2TV 녹색보고 「나의 살던 고향은 '오대산 가마솔'」
    (출연, 1996년 방영)
KBS 2TV 녹색보고 특집기획 「곤충에 관한 네 가지 이야기」
    (출연, 1997년 방영)
SBS 「선암사의 비밀」(자문, 1997년 방영)
KBS 위성방송 2주년 개국 기념, 「잠자리의 비상」
    (자문, 1997년 7월 1일 방영)
EBS 「존재의 소리」(자문, 1998년 1월 24일 방영)
SBS 「약초」(자문, 1998년 2월 7일 방영)
EBS 하나 뿐인 지구 「가시연꽃」(자문, 1998년 9월 방영)
KBS 「재미있는 동물의 세계」 곤충 부문 감수
    (1996년부터 계속)
KBS 제1라디오 생방송 전국은 지금 「김정환의 곤충 이야기」
    (1998년 3월~10월)
KBS 환경스페셜 「곤충의 사생활 - 투쟁, 사랑」
    (2000년 7월 반영)
KBS 환경스페셜 「마지막 여름 이야기」 용담댐 수몰지역
    (2001년 10월 방영)
SBS 특집 다큐멘터리 「곤충, 그들만의 세상」 제작
    (2002년 4월 6일 방영)

김진관 金鎭冠

동양화가
성신여자대학교 미술대학 동양화과 부교수
한국미술협회 회원

단체전
1981 제2회 정예작가전(서울신문사, 롯데화랑)
1981~82 4, 5회 중앙미술대전 장려상(국립현대미술관)
1983 2회 청년작가전(국립현대미술관)
      오늘의 채색화전(예화랑)
1985~99 오늘과 하제를 위한 모색전(동덕미술관, 미술회관 등)
1986 한국 현대미술의 어제와 오늘(국립현대미술관)
      Figuration Critique전(프랑스 그랑팔레)
      아시아 현대 채묵화전(한국문예진흥원 미술회관)
      한국화 12인전(한국문예진흥원 미술회관)
1987 생동하는 신세대전(예화랑)
1988 채묵, 80년대의 새물결(동덕미술관)
      '88 현대 한국회화전(호암갤러리)
1989~91 현대미술 초대전(국립현대미술관)
1990 예술의 전당 개관 기념전(예술의 전당)
      한국 현대미술의 21세기 예감전(토탈갤러리)
1991~1992 서울미술대전 (서울 시립미술관)
1993 비무장지대 예술문화운동 작업전(서울 시립미술관)
      한국 지성의 표상전(조선일보 미술관)
1994 한국 현대미술의 흐름(인사갤러리)
1995 한국지역 청년작가 찬조 초대전(서울 시립미술관)
      성신여대 개교 30주년 기념전(성신여대 수정관)
1996 한국 현대미술 독일전(유럽 순회전)
1997 인터넷 미술전 -제4회 차세대시각전(예술의 전당)
      21세기 한국미술의 표상전(예술의 전당)
1998 한국화 126인의 부채그림(공평아트센터)
      아세아 현대미술전 (일본 동경도미술관)
1999 한국화의 위상과 전망(대전시립미술관)
      역대 수상작가 초대전(호암갤러리)
2000 5월 채색화 3인전(공평아트센터)
      그림으로 보는 우리 세시풍속전(갤러리 사비나)
2001 변혁기의 한국화 투사와 조명(공평아트센터)
      21세기 한국미술 그 희망의 메시지 전(갤러리 창)
      동양화 새천년전(서울시립미술관)
      한국미술 정과 동의 미학전(한스갤러리)

개인전
1991 금호미술관(서울)
1993 동서화랑(마산)
1996 금호미술관(서울)
1998 한국문예진흥원 미술회관(서울)
2002 공평아트센터(서울)